야우스

마도 시대의 시작

FUSION FANTASTIC STORY

강준현 장편소설

아우스 : 마도 시대의 시작 6

강준현 장편소설

초판 1쇄 찍은 날 § 2017년 9월 14일
초판 1쇄 펴낸 날 § 2017년 9월 21일

지은이 § 강준현
펴낸이 § 서경석

편집책임 § 이지연

펴낸곳 § 도서출판 청어람
등록번호 § 제387-1999-000006호
등록일자 § 1999. 5. 31
어람번호 § 제1-2764호

주소 § 경기도 부천시 부일로 483번길 40 서경B/D 3F (우) 14640
전화 § 032-656-4452 팩스 § 032-656-4453
http://www.chungeoram.com
E-mail § chungeorambook@daum.net

ISBN 979-11-04-91459-1 04810
ISBN 979-11-04-91321-1 (세트)

아우스

마도 시대의 시작

FUSION FANTASTIC STORY

강준현 장편소설

6

책
여
람

아우스

Contents

38장
베른 드리니트

　고개를 떨군 채로 있던 엘른 남작은 나지막한 목소리로 물었다.

　"…복수를 원하나?"

　"제리오… 형이 알고 싶었던 건 놓고 떠난 이유였지 복수가 아니었습니다. 사실 그마저도 남작님을 뵙고 난 후에 의미가 없어졌지만요."

　"제리오가 복수를 원하지 않았다고?"

　"대우받고 행복하게 살았다고 말했습니다. 죽기 전까지 자신의 삶 중에 가장 행복했다더군요."

　"큭……! 버리고 간 못난 주인이었는데……."

"그리고 그러더군요. 피치 못할 사정이라면 이해한다고 잊으라고 말했습니다."

"미안하다, 제리오. 미안하다."

'여전히 눈물이 많아.'

오늘만 벌써 두 번째다.

그러고 보니 미치광이 베른으로 살다가 제리오의 몸을 얻었을 때 도망가지 않고 남작가에 눌러 살게 된 것도 저 울음 때문이었다.

난 미치광이의 몸에서 벗어난 것이 기뻤지만 죽은 날 위해 며칠 간 울어주던 모습에 왠지 모르게 감동을 해버린 것이다.

"…사람들을 다 모으기 전에 이동해 버렸기 때문이었어."

"네?"

한참 울던 그는 눈물을 훔치며 중얼거렸다.

"뮬터 놈들이 쳐들어왔을 때 아버님은 우릴 형님이 있던 방으로 데리고 갔지. 그리고 방 안에 있던 텔레포트 마법진을 활성화시킨 후 사람들을 모아오셨어. 한데 다 모아오기도 전에 텔레포트 마법진이 작동된 거야. 아버지조차 그렇게 빨리 텔레포트 마법진이 작동할 줄은 모르셨어."

'엥? 그 방에 텔레포트 마법진이 있었어?'

정작 방의 주인인 난 모르는 일이었다.

죽고 난 다음 설치를 했나 보다.

"진심으로 미안하네."

"알겠습니다. 제리오 형을 대신해 사과를 받아들이죠. 그러니 그만하셔도 됩니다. 중앙 마법진을 고치고 설명을 드리겠습니다."

더 이상 감상적인 분위기는 싫었다. 그래서 응용 마법진을 연결할 수 있는 여분의 포트를 이용해 마법진을 바꿔갔다.

"자네는 내가 밉지 않나?"

"형이 원하는 대로 물었고 대답을 들었으니 충분합니다. 마지막 유언으로 혹시 위기에 처하면 도우라고 해서 이러고 있는 것이고요."

"…내가 도울 만한 가치가 있을까?"

"…네. 시동에 불과한 노예를 위해 울어줄 수 있는 분이니까요. 이리 오세요. 설명드리죠."

닭살이 돋는 말이라 얼른 마법진에 대해 설명했다.

마법진을 다 그리고 마지막으로 오직 그만이 조종할 수 있게 음성 각인까지 시켰다.

"돌아서십시오. 따끔할 수도 있습니다."

그의 등에 마나 제어 마법진에 영향을 받지 않게 하는 마법진을 그렸다. 물론 마나로 그리는 것이기에 문신으로 남거나 하진 않을 것이다.

"끝났습니다."

"벌써? 따뜻한 느낌이 들 뿐 전혀 따끔하지 않군."

"제 실력이 조금 좋은 편이라. 이제 소피아 부인과 베른 영식에게로 가시죠."

2층으로 올라가 두 사람에게도 새겨주었다.

"자! 이제 작동을 시켜보시죠."

"마나 동결!"

그가 외치는 순간 몸의 마나는 물론이거니와 저택 내부의 마나가 움직임을 멈췄다.

"크으~ 마나가 옥죄는 듯한 이 느낌 정말 싫군요."

"만든 자네도 쓰지 못하나?"

"제가 만든 건데 설마요. 외부에 나가서 마법진을 몸에 새기면 되지만 따끔한 걸 싫어합니다."

"자네만 조심하면 되겠군."

"하하! 그렇죠. 한데 식사는 안 하십니까?"

"내 정신 좀 봐. 얼른 가세."

"점심 먹고 마나차에 대해 얘기해 보죠. 모든 것이 밝혀졌으니 시원하게 말씀드리겠습니다."

마나차 얘기를 끝내고 나면 남는 건 도둑놈들 처리밖에 없었다.

*   *   *

몇 년간 굼실거리며 피를 빨다가 마지막 몸통을 삼키려는데 누군가가 다가와 그 몸통에 빨대를 꽂으면 어떤 기분일까?

아마 분노와 함께 더러운 기분일 것이다.

모울이 지금 그랬다.

거의 4년이 넘게 계획하고 실행해서 트린가를 집어삼키기 직전인데 웬 어린놈이 나타나서는 엘른 남작에게 빨대를 꽂은 것이다.

적당한 크기의 빨대만 꽂은 거라면 그냥 넘어갔을 것이다. 한데 빨대를 크게 꼽는 바람에 계획 자체를 망쳐 버렸다.

루미엔의 몸에 악몽의 숲에 사는 기생충을 심고 돈을 날름 날름 빼먹다가 이번에 그가 지불하지 못할 정도로 큰돈을 요구하면서 마법 물품 하나와 생산 공장을 삼킬 생각이었다.

루미엔을 포기한다고 했지만 자신의 손으로 죽이진 못할 터. 고통에 힘겨워하는 그녀를 본다면 며칠 지나지 않아 넘겼을 것이다.

방에 있던 그녀를 식당에 내려 보낸 것도 그랬다.

'빌어먹을! 한데 그게 패착이 될 줄이야.'

설마 어린놈이 탑의 상층부만 알고 있는 기생충 억제제를 알 줄 어떻게 알았겠는가.

"여기 약속했던 만 금이네. 다음엔 5천 금에 해준다는 약속 잊지 말게."

"하하하! 물론입니다. 이번엔 10일 안에 가져다드리겠습니다."

으득!

'저 상도도 모르는 개새끼!'

5천 금에서 만 금까지 올리는 데 2년이 걸렸다. 그리고 만 금으로 1년을 버티다가 2만 금으로 올렸는데 그걸 단번에 5천 금으로 내려 버린다.

쓰레기 같은 독초로 만드는 것이기에 가격이야 한 달 치를 10금에 팔 수도 있었다. 그러나 가격 경쟁을 해봐야 현재 계획은 물 건너갔다.

'저놈을 죽여야 해! 어린놈이 6서클에 이르렀다는 건 칭찬해 주겠다만 능력 없는 자가 보물을 가지게 되면 어찌 되는지 알게 해주마.'

그는 자신의 수제자에게 둘만 아는 신호를 보냈다.

그동안 남작과 아우스는 계속 말을 나눴다.

"많은 돈을 가지고 가면 위험할 터이니 기사들과 마차를 주겠네."

"아닙니다. 오늘 같은 날 좋은 곳에 가서 술 한잔하지 않을 수 없죠. 좋은 곳 위치만 말씀해 주시면 제가 알아서 마시고 돌아갈 테니 걱정 마십시오."

"내가 직접 따라가서 사고 싶지만 오늘은 루미엔과 있어야 해서. 집사보고 안내해 주라고 하겠네."

"감사합니다. 혹시 이상 있으면 연락 주십시오. 즉각 달려오겠습니다. 그럼."

연신 웃으며 집사인 베레토와 저택을 떠나는 아우스를 잠시 매섭게 노려보던 모울은 얼굴을 펴고 엘른 남작 앞으로 갔다.

"약을 제공하던 상인이 너무 터무니없는 액수를 제시해서 걱정했었는데 잘 풀린 것 같아 다행입니다."

속마음이야 열불이 났지만 일단은 수습을 잘해야 했다.

"고맙소, 모울 단장."

"혹시 약이 바뀌면서 돌발적인 상황이 일어날 수 있으니 오늘은 기사 몇 명과 밤새 지키도록 하겠습니다."

"그래야 할 것 같소. 나도 옆을 지키겠지만 고생 좀 해주시오."

"당연히 그래야죠."

모울은 남작의 뒤를 따라 저택 안으로 들어갔다.

한데 로비로 들어서자마자 상, 중, 하단전의 마나를 옥죄는 힘이 느껴졌다.

"큭!"

마법사에게 마나가 묶이는 건 기분 나쁜 일이었다. 그래서 자신도 모르게 신음을 토했다.

'마나 제어 마법진이 바뀌었어! 이번에도 그 빌어먹을 어린 놈이…….'

"아! 단장께 말해주는 걸 잊었소. 마법진이 좀 불안하다고 아우스 경이 조금 고쳐줬소. 애써 만들어준 것을 손대게 해서 미안하오."

"아, 아닙니다. 다만 이상한 수식을 넣지 않았을까 조금 걱정되긴 합니다."

"단장께서 시간 될 때 살펴보면 되지 않겠소."

"그렇게 하겠습니다."

고개를 숙이는 모울의 얼굴은 구겨진 휴지처럼 변해 있었다.

'이 오크 똥보다도 못한 새끼가 두 번째 계획마저 방해를 해?'

첫 번째 계획이 다음은 강제력을 동원할 수밖에 없었다. 한데 지금 상태라면 손쉽게 제압하는 건 물 건너 간 것이나 다름없었다.

저택을 지키는 기사들 대부분은 엘른 남작을 위해 기꺼이 목숨을 마칠 수 있는 자들이었다.

*   *   *

모울의 수제자인 벤저는 바닥의 돌을 짜증스럽게 차며 아우스가 나오길 기다렸다.

'이 새끼는 언제까지 놀 생각인 거야!'

벌써 3시간째다.

도대체 안에서 뭔 짓을 하고 있는지 밤샐 기세였다.

처음 한두 시간은 어차피 죽을 놈 마지막이라도 즐기라는 심정이었지만 지금은 당장 안으로 들어가 죽여 버리고 싶었다.

그런 그의 마음을 아는지 모르는지 아우스는 1시간이 더 지나 자정이 다가올 무렵에야 나왔다.

"기사님, 또 오세용~"

"하하하하! 내일 또 보자고, 귀염둥이들!"

입이 찢어져라 웃으며 밖으로 나온 아우스는 따라 나온 세 명의 여자에게 각각 은화 몇 닢을 풍만한 가슴에 찔러주며 슬쩍 주물렀다.

'아주 끝까지 지랄이구나.'

부글부글 끓는 마음을 진정시키고 한편에 서 있는 말의 말고삐를 잡고 다가갔다.

"남작님이 전하라 하셨습니다."

벤저가 다가와 말고삐를 건넨다.

"뭐야? …아하~ 남작님 댁의 기사분인가 보군. 밤늦게까지 고생이 많수다, 껄껄껄!"

술 냄새를 풀풀 풍기며 반말 비슷하게 하는 모습에 인상이 구겨졌지만 실행 장소는 이곳이 아니었다.

"혼자 갈 수 있겠습니까?"

"걱정 마쇼, 음주마 경력 4년째요. 자! 기다리느라 고생했는데 동료들이랑 술이나 한잔해요."

퍽퍽!

등을 토닥이는 것이 아닌 후려치면서 뭔가를 손에 꼭 쥐어 준다. 꼴랑 금화 한 닢이다.

뿌득!

말에 올라 비틀비틀 떠나는 뒷모습을 보자 금화를 쥔 손에 힘이 들어갔다.

"저 기사, 술을 얼마나 먹었나?"

아직까지 손을 흔드는 여자들에게 물었다.

"위스키 네 병을 혼자 비웠어요. 입가심으로 맥주 세 잔을 마셨고요. 많이 취했는지 마지막에 누가 누군지도 잘 모르던데요."

"쯧! 저래서 길바닥에서 자는 건 아닌지. 설마 죽기야 하겠어. 수고들 해. 다음에 한번 들를게."

벤저는 남작의 저택으로 가는 듯하다가 아무도 보는 사람이 없자 지붕 위로 날아올랐다. 그러곤 박쥐처럼 아우스의 뒤를 쫓았다.

탑승자가 취해선지 말은 천천히 길을 따라 걸었다.

트린 영지의 공장 지대가 끝이 났다. 이제 오일리 마을까지 5분이면 도착할 수 있었지만 가장 위험한 지역이기도 했다.

마나등의 불빛도 없고 좌우로 드문드문 갈대숲이 있어 웬만큼 간 큰 사람도 달빛조차 없는 밤엔 이 길을 다니진 않았다.

'지루함도 이제 끝이군.'

천천히 뒤따라가던 벤저는 토커라 불리는 무전기의 한 부분을 꾹 눌렀다.

숨어 있는 이들의 토커에 붉은 불이 켜졌을 것이다.

사전에 약속해 둔 공격 신호였다.

아우스의 양옆 갈대숲에서 그림자들이 아른거리며 그를 덮쳐갔다.

스각! 스가각!

제법 먼 거리였음에도 습격자들이 입고 있던 경갑이 베어지는 소리가 들렸다.

비명은 없었다. 달려들었던 그림자들은 여러 조각으로 나뉘어 바닥에 떨어졌다.

'취해도 6서클 기사란 말이지. 하지만 이제 시작이라는 걸 알게 될 거다.'

처음 덤빈 이들은 트린 영지에서 활동 중인 뒷골목 깡패 조직의 일원들로 마법을 펼칠 시간을 벌기 위한 도구일 뿐이었다.

양옆에서 일제히 마법이 일어나 아우스에게로 향했다. 피할 곳은 없었다.

산산이 터져 나가고 찢겨 나갈 것이라는 예상과 달리 다가가던 마법은 씻은 듯이 사라졌다.

'디스펠! 설마 매복을 눈치챈 건가? 그렇다 해도 수식의 완성이 너무 빨라.'

현재 매복해 있는 이들 중 실수 없이 죽이기 위해 탑에서 온 6서클 마법사가 세 명이었다.

"크악!"

"윽! 켁!"

가까이 다가갈수록 비명 소리가 많아졌다. 너무 어둡고 원체 빠르게 공방이 오가고 있어 제대로 상황을 파악할 수 없었다.

그러나 30미터쯤 접근했을 때 구름에 가려져 있던 달이 나오자 상황이 이상하게 돌아가고 있음을 알 수 있었다.

다섯 자루의 검이 날아다니며 동료들을 베고 있었다.

파란 기운이 서린 검은 쉴드는 물론이고 6서클 마법사가 펼친 중첩 쉴드도 거칠 것 없이 베어버린다.

위기를 감지한 동료 중 일부가 도망가려 했지만 검은 나는 뱀처럼 다가가 그의 목과 심장을 꿰뚫었다.

'저, 저놈… 6서클이 아니었어!'

조심히 뒷걸음쳤다.

동료들의 죽음이야 안타깝긴 하지만 스승에게 놈의 실력을 알리는 게 중요했다.

10미터쯤 물러났을까, 비명 소리는 더 이상 들리지 않았다.

알 수 없는 위기감이 등을 타고 내렸다. 그에 즉각 블링크를 시전했다.

'블링크!'

주변의 마나가 얼어붙었는지 꿈쩍도 하지 않았다. 그리고 갑자기 뒤에서 아우스의 목소리가 들려왔다.

"저렇게 많은 동료가 있었으면 몇 금 더 줄 것을."

"…무, 무슨 말인지 모르겠소. 다, 당신이 집에 제대로 도착하는지를 확인하기 위해 따라왔소. 한데 위기에 처한 것 같아 남작님께 알리러 가는 중이었소."

얼른 변명을 했다.

"큭큭큭! 여기서 거기까지 가서 알리고 오면 백 번도 더 죽었겠군."

다시 변명을 하려던 그는 아우스의 눈빛을 보고 소용없음을 깨달았다.

"함정이었나?"

"함정은 무슨. 그냥 불나방들이 달려든 거지. 그나저나 소속이 어디야? 뭔 짓을 꾸미고 있기에 가는 곳마다 거치적거리는 거지?"

"…소속? 무슨 말인지 모르겠군."

"시간은 많으니까. 저기 언덕으로 올라가면 며칠이 지나도 아무도 안 올 거야. 고문을 잘한다고 할 수 없어서 조금 거칠 거야."

마탑에 대해 뭔가를 알고 있는 듯했다.

"미안하지만 넌 아무것도 알아내지 못할 거야."

몸안의 마나와 생명력을 더해 스스로를 폭파시키는 흑마법 밤(Bomb)을 시전했다. 아니, 시전하려 했다. 그러나 마나가 꿈쩍도 안 했다.

"스스로를 폭파시키려는 마법을 쓰려는 모양인데 이미 경험이 있어서 말이야. 자, 이제 소속에 대해 얘기 좀 해보자고."

밤까지 알고 있을 줄은 몰랐다.

무형의 힘이 몸을 묶는 게 느껴졌다. 그러나 그가 할 수 있는 일이 없었다.

                    *   *   *

벤저가 입을 열려고 하는 순간 어떤 힘에 의해 죽어버려 고문으로 얻은 것은 아무것도 없었다.

전부터 느끼는 거지만 정말 예사 조직이 아니었다.

집에 머무는 동안 두 번의 습격이 더 있었다.

한 번은 돈을 노리고 온 자들이었고, 한 번은 또다시 검은색 후드를 입고 있는 자들이었다.

에리안과 함께 있을 때라 난 그녀에게 그들을 맡겼다. 그리고 도망가는 자들 중에 한 명을 놓아주는 걸 잊지 않았다.

실패의 원인이 에리안으로 알길 바랐고 기사단장이 미끼를 물어오길 기다렸다.

사실 마나 제어 마법진을 고치면서 한 가지 비밀리에 설치해 둔 것이 있었다. 사진기에 쓰는 수정구로 실시간으로 엘른 남작 집의 상황을 확인할 수 있었다.

"쯧! 어지간하네. 일부러 잘 알아보라고 마법진의 일부를 보이게 만들고 약점도 심어뒀는데 찾질 못하네."

마법진 앞에 쪼그려 앉아 열심히 살펴보는 모울을 보고 있자니 답답했다.

좀 더 쉽게 만들어둘 걸 그랬나 보다.

수정구가 비추는 화면을 흘낏 보며 중얼거린 후 다시 마법진을 그리는 데 집중했다.

요즘 창작 욕구가 넘친다.

간단한 상처를 치료할 수 있는 큐어 마법을 쓸 수 있는 작은 상자를 만들고 있었다.

지금도 있다. 하지만 크기도 크고 마나석이 들어가서 완전히 망한 제품이었다.

마법사를 고용하고 있는 부자들과 3서클 이상 마법사들은 큐어 마법 제품을 살 이유가 없었고 가난한 이들은 살 돈이 없었다. 거기에 아라교 신전이 있는 곳이라면 간단한 응급조치를 받을 수 있었다.

그러나 필요 없는 물건은 절대 아니었다.

아라교가 없는 곳도 있었고 그런 곳에선 간단한 상처를 내버려 뒀다가 죽는 경우도 종종 있었다. 또한 밤에 제법 큰 상처가 나면 출혈로 죽을 수도 있었다.

그에 값싸게 응급치료용으로 만들 수만 있다면 돈이 될 거라는 확신이 있었다.

마나석을 없애는 건 24시간 가능한 흡입, 저장부를 이용하면 되었고 그에 더욱 커지게 된 마법진의 크기는 육면체를 이용함으로써 극복하려 했다.

한 면이 아닌 모든 면을 이용한 마법진.

발트란의 개미지옥을 응용하고 있었다.

사실 피트를 생각하면 폐기하고 싶은 아이디어였지만 '과연 될까?'라는 의문을 덮지 못했다.

첫 번째 작품이 아공간 냉장고로 다섯 면을 이용했고, 이번엔 10개의 면을 이용한 것이다.

다 그렸다. 한데 작동하지 않는다.

실망하지 않는다. 실패의 원인을 찾고 마법진을 바꿔보는 것도 많은 공부가 됐다.

"쩝! 난 실패했는데 넌 드디어 성공했구나."

화면 속 모울이 저택 내부에서 뾰족한 아이스 스피어를 만들고 있었다.

수정구의 연결을 끊고 엘른 남작에게 연락했다.

―연락이 온 걸 보니 경의 말처럼 됐나 보군.

착잡한 목소리로 말했다.

"아직까진 짐작에 불과하죠. 내일 억제제를 들고 가겠습니다."

―알겠네. 한데 혹시 요즘 저택을 지키는 기사와 병사들 중 상당수가 갑자기 연락이 안 되는데 이것도 경이 한 일인가?

"글쎄요. 딴맘 먹고 들어왔다가 요즘 상황을 보고 도망간 게 아닐까요?"

―…무작정 고용에 돈을 투자할 것이 아니라 사람을 키우는 것에도 투자해야겠군.

"늦어도 그게 빠른 길이 아니겠습니까?"

―…경의 말처럼 아직 일어난 일이니까. 내일 보세.

엘른 남작은 씁쓸한 표정으로 연락을 끊었다.

다시 화면을 저택으로 바꿔놓고 새로운 마법진을 그렸다.

10일간 함께 지냈던 말을 타고 남작의 저택으로 향했다.

지각을 한 건지 급히 뛰어 공장으로 향하는 이들이 보이긴 했지만 출근 시간이 지나자 거리는 꽤 한가했다.

저택까지 말을 타고 가자 모울과 베레토가 기다리고 있었다.

"지하실에서 기다리고 계시오."

모울은 속으론 부글부글 끓고 있을 텐데 아무렇지 않게 말했다.

"돈 벌 좋은 기회를 주신 점 고맙게 생각하고 있습니다, 모울 경."

살짝 긁었다.

"…무슨 말인지 모르겠소만."

"감사의 인사로 조금 나눠 드릴까 했는데 모른다니 신경 쓰지 않도록 하겠습니다. 그럼."

난 그를 지나쳐 저택으로 들어왔다.

이 가는 소리가 들리지 않는 걸 보면 평정심은 인정해 줄 만하다.

"아우스 경, 어서 오게."

"별일 없으셨습니까?"

"없었어. 그러나 경이 한 말 탓에 편히 쉰 날은 하루도 없었다네."

"누구도 쉽게 믿으면 안 되죠. 설령 저라고 할지라도 의심하고 의심하십시오."

"그럴 생각이네."

"넙죽 대답하시니 기분이 좋지 않군요. 아무튼 마나차는 어찌 되었습니까?"

"이리 와서 직접 확인해 보게."

지하 작업실에 있는 마나차는 네 군데 바퀴가 회전하는 롤러 위에 걸쳐 있어 직접 실험 주행도 가능했다.

운전석에 올랐다.

보조석에 따라 오른 엘른 남작이 제어판에 손을 올리자 엔진이 움직이는 진동이 느껴진다.

"상당히 잘 바꾸셨군요."

사실 그 전에는 단을 올리고 가속장치를 밟아야 엔진이 움직이며 나아가는 방식이었다.

한데 내가 생각하는 방식은 윈드 마법 8개가 동시에 움직이고 있다가 가속장치를 밟는 정도에 따라 바퀴의 축으로 힘이 다르게 전달되도록 하는 것이었다.

두 개의 톱니가 닿으며 바퀴가 돌기 시작했다. 조금 더 밟자 새로운 두 개의 톱니가 더해지며 바퀴는 더욱 빨리 돌았다.

그때 난 가속장치에서 발을 떼고 제동장치를 천천히 밟았다.

생각대로 멈춰준다. 야외에서 해봐야 정확하겠지만 거의 완벽하다.

이번엔 운전대 앞에 손을 올리자 스피커 마법이 작동하며 '빠앙!' 하는 경적 소리가 울렸다.

"좋군요."

"다 경의 조언 덕분이지."

"저야 그냥 떠오르는 것을 말씀드린 것뿐입니다. 짧은 시간에 이토록 만들 수 있는 건 모두 남작님의 능력이죠."

"그동안 형님이 그린 그림이 무엇을 뜻하는지 고민하며 수많은 테스트를 하고 비슷한 것을 만들어 와서 노하우가 쌓인 거지."

엘른 남작이 말하는 형님은 베른인 나를 말하는 것이다. 한데 내가 그린 그림에 마나차가 있었다고?

"처음 제동장치에 대해 설명할 때 얼마나 놀랐는지 아는가? 형님과 같은 생각을 하는 사람이 있을 줄이야. 난 아닌 말로 형님의 환생인 줄 알았네."

"…남작님의 형님이 마나차를 설계했다는 겁니까?"

"그렇다네."

말도 안 된다.

기억에 없다. 정확하게는 기억을 하지 않고 있는 거지만 미친 듯이 벽에 낙서만 하던 내가 마나차를 그렸다고?

"누구에게도 말한 적 없지만 왠지 경에겐 얘기해 주고 싶군. 사실 우리 가족 모두는 형님이 제정신이 아니라고 생각했네."

"…저 역시 제리오 형에게 비슷한 얘길 들었습니다."

"생을 마감하고도 그렇게 생각했었지. 한데 형님이 죽은 후 아버지는 하루에 한 번씩은 방에 들러 형님의 낙서를 보았다네. 제대로 말도 못 하고 떠나보낸 것이 마음에 걸리셨던 거지."

한때 아버지였던 드리니트 남작과는 말을 섞어본 적도 없는 것 같은데 특별한 감정 같은 것이 있을 수 없었다.

오히려 제리오일 때 더 많이 얘기하지 않았던가.

"때론 술을 드시고 나면 그곳에서 한참 동안을 나오지 않으셨지. 그러다 형님의 그림에서 특별한 것을 발견한 거야."

"특별한 것이라면?"

"우리 가문의 첫 번째 마법 물품이자 가문을 망하게 만든 냉풍기와 온풍기였다네."

"아!"

성을 침입해 하녀, 하인들을 불살라 죽이며 탐스가 찾던 것이 바로 내가 베른일 때 미쳐서 그린 낙서일 줄이야. 정말 생각지 못했다.

베른, 제리오, 그리고 지금의 나까지 이어진 인연에 할 말이 없었다.

'돌이켜 보면 내가 마법 물품을 잘 만들었던 이유가 이 때문이었어.'

불현듯 떠올랐던 많은 것이 베른일 때의 기억의 일부였던 것이다.

발트란 사건으로 기억을 잃고 있다가 되찾으면서 봉인해 뒀던 베른의 기억이 빗장 풀려 있었다.

설명되지 않던 것이 설명되는 순간이었지만 별로 기분이 좋지 않았다. 그렇지 않아도 복잡했던 운명의 타래가 더 꼬이는 기분 때문이었다.

"형님의 낙서는 마치 딴 세상을 보고 온 것처럼 이해 못 할 것이 많았다네. 게다가 마치 불운이 닥칠 것을 생각한 것처럼 벽 전체와 함께 이동할 수 있는 텔레포트 마법진까지 그려져 있었어."

"…부유함도, 절망도, 희망도 한꺼번에 준 거군요?"

"훗… 듣고 보니 그렇군. 웃기는 건 뭔지 아나? 가문의 수많은 이를 죽게 만든 형님의 낙서가 한없이 미워 부수려고 했었네. 한데 그러지 못했어. 나 역시 그 안에 담긴 것들에 매료되었거든. 근데 지금 상황을 보면 또 비슷한 일이 반복되고 있어서 정말 없애야 하는 거 아닌지 모르겠네."

"…저라는 희망이 왔지 않습니까."

"하하하! 조금 전까진 믿지 말라고 했지 않은가?"

"희망인지 아닌지도 의심하십시오, 하하……."

가벼운 말로 불쾌한 기분을 털어냈다.

긍정적으로 생각해 보면 이왕 꼬여 있던 거 좀 더 꼬인다고 달라질 것은 없었다.

오히려 좀 더 명확해지지 않았는가.

'설마 이것조차 피트의 안배는 아니겠지.'

정말 그렇다면 그는 신일 것이다.

"제가 저 때문에 주위 사람이 힘들어질 것 같아서 평범해지려 한다니까 누군가가 한마디 조언을 해주더군요. 엘른 남작님도 비슷한 상황이 아닐까 합니다."

"어떤 조언이었나?"

"이미 존재하는 태풍에서 중심으로 나아가고 있기에 힘든 거지 태풍이 덮쳐서 힘든 건 아니라는 다소 개똥철학 같은 조언이었습니다."

엘른 남작이 죄의식을 가지지 않길 바랐다. 그래서 미치광이 형으로서 한마디 해줬다.

"형님의 낙서 때문이 아니라 온풍기 냉풍기를 만듦으로써, 혹은 내가 마법 물품을 만들어 돈을 벎으로써 강도가 들이닥쳤다는 말인가? 개똥철학이 맞긴 한 것 같은데 묘하게 위로가 되는군."

"저 역시 그랬습니다."

"한데 태풍에서 벗어나는 방법은 없다던가? 지켜야 할 사람을 위해선 그게 제일 좋을 것 같은데."

"그 역시 말했습니다. 태풍의 중심은 고요하다고."

"…중심에 서라는 말이군. 어느 분인지 알면 수업료로 술을 대접하고 싶군."

"프링크가의 테트릭 남작입니다."

"조만간 찾아봬야겠군. 근데 경은 형님의 낙서가 욕심나지 않나?"

"그럴 것 같아서 얘기한 것 아니십니까?"

"사람의 욕심이란 끝이 없으니까. 물론 경은 욕심을 내지 않을 것이라는 생각이 있었다는 건 부인할 수 없겠지."

"역시 교육의 힘이 좋나 봅니다. 안목이 상당히 날카로워지셨습니다."

"쩝! 칭찬인지 욕인지 모르겠군. 사실 내가 경에게 말한 것은 원한다면 같이 연구해도 좋을 사람이라고 생각해서야."

"동업을 제안하시는 겁니까?"

"한다면 받아주겠나?"

"아뇨. 마음만 받죠. 지금 프링크가와 하고 있는 것만으로도 충분히 귀찮습니다."

"역시 이번 박람회의 프링크가 제품을 만든 사람은 경이었군. 그 정도의 물품을 만들 사람이 없어 출품작을 보고 의아해했는데 마나 제어 마법진을 보곤 눈치챘지."

"약간 도왔다는 걸 부인하지 않겠습니다."

미친 나를 따뜻하게 안아주며 자신이 지켜주겠다고 말하던, 죽었을 때 슬피 울어주던 꼬맹이 동생을 위한 건 이번까지만이다.

'또 위기에 처하면 어떻게 될지 모르지만 일단은 여기까지만.'

인간관계를 넓히는 건 오지랖 넓은 내겐 약점이다.

"한번 보겠나?"

"네?"

"형님의 낙서 말일세."

"괜찮습니다. 제 자랑은 아니지만 보면 바로 만들어 버릴지도 모릅니다."

"능력이 된다면 그래도 좋네. 욕심 없는 경에 대한 선물로 해두지."

"됐습니다."

엘른 남작은 됐다는데도 들리지 않는지 성큼성큼 지하실의 한쪽 벽으로 다가갔다.

그러곤 손을 올리자 벽의 일부가 위로 올라갔다.

"들어오게."

손짓하는 그를 보고 걸음을 옮겼다.

안 봐도 된다고 했지만 막상 보여준다고 하니 내가 어떤 낙서와 그림들을 그렸는지 확인해 보고 싶었다.

열린 벽 안으로 들어가자 새로운 벽과 함께 문이 보였다.

'과거의 내 방문.'

작은 상처들까지 그대로였다. 방이 거의 통째로 옮겨졌다더니 지하의 한편에 있을 줄이야.

엘른 남작은 양쪽 손잡이를 밀어 문을 열었고 그를 따라 안으로 들어갔다.

"……!!"

천장을 빼곤 모든 벽과 바닥, 심지어 가구까지 낙서로 가득했다.

아무 생각 없이 본능으로만 살았던 시간이 봉인을 풀고 떠올랐다.

극히 일부에 불과한 기억인데 마나가 알려주는 수많은 정보가 머릿속을 채운다.

상단전 마법이 8서클에 이르러서일까, 예전과 달리 머리가 아프거나 하진 않고 빠르게 정보를 분석했다.

'베른일 때 마나에 대한 민감도는 상상 이상이었구나.'

지금도 어느 누구보다도 뛰어난 편인데 베른과 비교하자면 한참 부족했다.

남작 저택에 있는 이들이 속삭이는 말은 물론이고 외성, 내성의 정보까지 고스란히 전해졌다.

어느 정도 감당할 수 있다는 것을 확인하곤 일단 다시 가라앉혔다.

봉인을 시킬 생각은 없었다. 시간을 두고 천천히 기억을 떠올릴 생각이었다.

옆에 엘른 남작이 있기도 했지만 낙서를 둘러보는 것만으로 왠지 모르게 울컥했다.

"헐~ 여기서 냉풍기와 온풍기, 심지어 마나차를 찾아냈다고요?"

복잡한 심사를 떨쳐내려 일부러 말을 걸었다.

"처음부터 알아보긴 힘들 거야. 일단 색깔로 구분하고 다음은 짙음과 옅음, 글씨체, 각 나라의 언어 등으로 구분하면 보이기 시작할 거야."

그가 말해준 것을 염두에 두자 제멋대로였던 낙서가 조금씩 구분되어 보였다.

"아, 이건!"

걸음을 옮기며 살펴보던 나는 익숙한 형태의 그림을 보고 소리쳤다.

"말을 해줬다고 하지만 꽤 잘 찾는군. 맞네, 그게 냉풍기와 온풍기에 대한 설명서네."

그의 말처럼 그림을 자세히 보자 헷갈리긴 했지만 마법진과 쓰임새 따위가 적혀 있었다.

"어? 근데 여기 적힌 선풍기라는 글자는 뭐죠?"

"응? 그런 문자가 있었나?"

내 말에 엘른 남작이 다가와 물었다.

"여기 이 글자요. 어느 나라 말인지 모르겠는데 '선풍기'라고 적힌 것은 알겠네요."

"이게 선풍기라는 말이었나? 자네 능력의 끝이 어디인지 궁금하군. 아버지가 그대로 그려 발칸 제국의 학자들에게 다 알아봤지만 아는 사람이 없어 그림의 일부라고 생각했었는데 자네가 알고 있을 줄이야."

"…이제 얼핏 기억나네요. 어릴 때 배웠던 고대 부족의 글인가 봅니다."

대충 얼버무렸다.

나도 이 이상한 글자를 왜 아는지 알 수 없다.

아직까지는 말이다.

베른의 기억을 더듬다 보면 분명 나올 것이다.

빙 둘러보며 이상한 글자만 찾아 읽어보았다.

'냉장고, 디지털카메라, 전등, 텔레비전, 라디오, 전축, MP3…
이건 또 무슨 언어야. 아주 난리구나.'

정말이지 베른의 기억을 얼른 살펴보고 싶어졌다. 그러나
그런 생각도, 낙서 구경도 멈춰야 했다.

기사단장과 함께 스무 명 정도가 저택 안으로 들어오고 있
었다.

"나가야겠군요. 시작됐습니다."

"정말인가? 기사단장이 그럴 리가……."

엘른 남작은 믿기지 않는지 입술을 꽉 깨물었다.

"머뭇거릴 시간이 없습니다. 일부는 2층으로, 일부는 1층 부
엌 쪽으로 향하고 있습니다. 아니라면 그때 다시 생각해도 되
니 서두르세요."

마법진을 바꾸면서 난 기사단장의 위험성에 대해 언급했다.
물론 엘른 남작은 그럴 리가 없다고 단정했다.

난 멈추지 않고 만약의 사태를 대비했다.

엘른 남작은 그마저도 실례라고 거절하려 했지만 제리오의
동생이라는 타이틀은 대비하자는 내 의견에 결국 동의하도록

만들었다.

"…알겠네. 락!"

락 명령은 1, 2층의 방문을 모두 잠그는 것으로 인질로 협박하는 것을 방지하기 위함이었다.

낙서의 방에서 나와 비밀의 문을 잠갔다. 그리고 얼마 지나지 않아 지하로 내려오는 인기척이 들렸다.

똑똑!

노크 소리. 엘른 남작에게 평소처럼 하라는 속삭였다.

"누구냐?"

"남작님, 모울입니다."

"무슨 일이라도 있소? 손님과 있을 땐 저택에 들어오지 말라고 했을 텐데?"

"저택에 침입자가 있습니다. 그래서 혹시 남작님께 무슨 일이 있나 싶어 왔습니다."

모울이 말할수록 엘른 남작의 표정은 어두워졌다. 그도 설마 했던 일이 실제로 벌어졌음을 깨달은 것이다.

"난 무사하니 침입자를 잡으시오. 그 다음에 다시 얘기합시다."

"…알겠습니다."

대답과 함께 마나가 소용돌이쳤다.

얼른 문 쪽에 서 있는 엘른 남작을 당겨 뒤쪽으로 숨겼다.

콰앙!

문이 터져 나가며 나뭇조각들이 등을 쳤다. 그리고 검을 든 열 명의 기사와 함께 모울 경이 들어왔다.

엘른 남작은 분노에 소리쳤다.

"무슨 짓인가, 모울 경!"

"쯧! 남작님께 위해를 가하려는 침입자가 이곳에 있어서 말입니다."

"그게 무슨… 설마 아우스 경이 침입자라고 말하고 있는 건가?"

"네, 잠시 후면 남작님을 죽일 자이기도 하죠."

"……!"

엘른 남작은 모울이 무슨 말을 하는지 이해한 듯 분노와 배신감에 얼굴을 와락 구겨졌다.

내가 나섰다.

"당신은 베른 군을 앞세워서 트린 남작가를 집어삼킬 생각이군?"

"물론! 황금 알을 낳는 거위의 배를 가르는 건 미련한 짓이지. 얌전히 약값으로 하나씩 넘겼으면 거지는 될지언정 목숨을 살렸을 텐데 안타깝게 되었소, 남작."

"픕! 목숨을 살려두고 평생 노예처럼 마법 물품을 만들게 할 생각이었으면서 생색은."

"똥 밭에 뒹굴어도 저승보단 이승이 낫지 않은가."

"어린 여자애에게 기생충 따위를 심는 놈이 위하는 척을 하는 거야?"

"크으! 어린놈의 혓바닥이 반 토막이군."

퍼억!

암흑 마법인 투명 손이 배를 가격했다.

내 몸은 훌훌 날아 벽에 부딪혔다. 비릿한 것이 올라와 목
젖을 간질였기에 기침을 했다.

"쿨럭쿨럭!"

피가 한 움큼 쏟아졌다.

"계집의 뒤에 숨어 위험에서 벗어났다고 그게 네 실력이라
고 착각하는 모양이군. 여기 일이 마무리되는 대로 찾아가 갈
가리 찢어버릴 생각이야. 넌 못 보겠지만 말이야."

"…미친 새끼! 네 실력으로 가능할 것 같아? 아마 잘났다고
떠드는 네놈의 대가리가… 커억! 컥!"

퍼억! 퍼억! 퍼억!

투명 손이 연속으로 온몸을 때렸다.

"그만! 그만두란 말이다!"

엘른 남작이 버럭 소리쳤다. 그의 명령을 들었다고 생각하
지 않지만 일단 주먹질은 멈췄다.

"홋! 꼴에 남작이라고. 그동안 남작님, 남작님 불러주니 현
상황이 판단이 안 되나? 조금만 기다리면 엘른 네 차례야."

"…한 가지만 묻지. 접근한 것이 돈 때문이었나? 루미엔에게
기생충을 먹인 것도 네 짓이었나?"

"상당히 둔하군. 돈 때문이 아니라면 내가 미쳤다고 너 같은 남작 밑에서 기사단장을 하고 있겠나? 맞아. 기생충을 먹여 돈을 뜯어낸 것도, 약이라는 핑계로 독약을 먹인 것도 내가 한 거야."

으득!

"네놈이……."

"베른과 소피아는 걱정 말게, 엘른 남작. 내가 아주 잘 보살펴 줄 테니, 큭큭큭!"

모울과 기사들이 킥킥거리며 웃는 모습을 본 엘른 남작은 두 손이 새하얗게 변할 만큼 주먹을 꽉 쥐었다.

그러다 모든 것을 포기한 사람처럼 축 처진 표정으로 날 돌아보며 말했다.

"…경의 말이 모두 사실이었구려. 내가 눈먼 봉사로 살아왔어."

피를 흘리며 누워 있던 나는 입가의 피를 닦고 몸을 일으키며 대답했다.

"씁쓸하겠지만 약속을 지키셔야겠네요. 할 수 있겠습니까? 지금까지 믿어왔던 이들인데."

"지금이라면 저놈들을 난도질해 몬스터의 먹이로 던져줄 수도 있네. 그나저나 따끔한 것을 싫어한다더니 새겠나 보군?"

"다행이네요. 이런 상황에서도 성인인 양 하면 어쩌나 했는데. 그리고 절 믿지 말라고 했잖습니까."

"그 정도 거짓말은 이해할 수 있네."

우리 둘의 대화에 모울과 기사들은 미친놈을 보는 듯한 눈빛을 하고 있었다.

"…이것들이 돌았군."

모울은 내가 아무렇지 않게 움직이니 이상함을 감지했는지 마나를 움직이려 했다.

그러나 엘른 남작이 먼저였다.

"얼음!"

우웅! 지하 중심에 있던 마법진이 빛을 내며 저택의 마나는 다시 변화했다.

새로운 마나 제어가 시작된 것이다.

난 허리의 갑에서 검을 꺼내 엘른 남작에게 던져줬다.

"…하, 함정? 놈들을 죽여!"

마법을 사용하려다 마나가 얼어붙어 취소가 되자 모울이 소리쳤다.

검을 들고 있던 열 명의 기사가 엘른 남작에게 다가갔다. 그러나 바람 계열 4서클인 엘른 남작은 마나를 쓸 수 있었다.

"윈드 커터! 윈드 커터!"

분노의 힘을 담은 윈드 커터는 다가오는 기사들의 가슴과 무릎 부근으로 날아갔다.

스삭! 스삭! 스삭!

마나 제어 마법진만 없었다면 충분히 피할 수 있는 공격이었다. 그러나 아쉽게도 그들은 하단전 마나도, 중단전 마나도 쓸 수 없었다.

현재 일반인에 불과한 그들은 윈드 커터가 날아온다는 걸 알면서도 생각과 다르게 움직이는 몸 때문에 고스란히 몸으로 받아야 했다.

"윈드 커터! 윈드 스피어!"

첫 번째 공격에 여섯 명이 세 토막이 되어 쓰러졌고 이어진 두 번째 공격에 넷이 두 토막으로 쓰러졌다.

열 명을 죽음에 몰아넣고 도망가려던 모울은 허벅지에 윈드 스피어를 맞고 바닥을 굴렀다.

"…모, 모든 것이 저놈의 계략이오, 엘른 남작. 난, 난 그저… 크륵!"

엘른 남작은 변명을 하려는 모울의 목에 망설임 없이 검을 찔러 넣었다. 그리고 아까 한 말을 지키려는 듯 바로 뽑아 심장에 꽂았다.

푹! 푹! 푹!

이미 죽었음에도 그는 계속 찔렀다.

나는 그의 팔목을 잡았다.

"이것으로 충분합니다. 위에 있는 자들은 제가 처리하죠."

엘른 남작은 살인이 처음이었는지 온몸을 부들거리며 힘을 빼지 못했다. 그러나 조금 기다리자 힘을 빼며 검을 넘겼다.

"같이 올라가시죠. 청소는 조금 이따가 제가 하겠습니다."

뒤처리를 다른 사람에게 맡기기엔 지하 실험실의 상황은 상당히 끔찍했다.

얌전한 사람이 화가 나면 무섭다더니 엘른 남작은 꽤 과격했다.

*   *   *

트린가를 뒤덮고 있던 어둠의 기운이 사라졌다.

뭔가를 도모하기 위해 기사와 병사로 스며들었던 이들도 이번 사건에 놀랐는지 다음 날부터 출근을 하지 않아 저택은 꽤 썰렁했다.

"꺄아~ 꺄르르르르~"

정원에서 알록이(?)들과 술래잡기를 하는 듯 연신 즐거움의 비명과 함께 뛰어다니는 베른이 저택의 분위기가 바뀌었음을 가장 먼저 눈치챈 모양이다.

"방에만 있던 베른이 저렇게 뛰어다니다니… 그동안 저 앤 이 집이 잘못되었음을 알고 있었나 보군."

저택의 발코니에서 잠시 쉬고 있는데 엘른 남작이 직접 커피를 들고 왔다.

"피곤하지 않은가?"

"조금이요."

중의적인 의미의 저택 청소를 끝내고 이 집안의 마지막 우환인 루미엔을 고치고자 애쓰고 있는 중이다.

머리가 기계 쪽으로만 좋은 건지 기생충 박멸은 쉽지 않았다. 벌써 이틀째 끙끙대고 있었다.

"쉬엄쉬엄해. 원한다면 이 집에 방을 줄 수도 있네."

"일을 겪고 나더니 상당히 지능적으로 바뀌셨군요. 집안을 지킬 사람은 키워야 한다고 누차 말하지 않았습니까?"

"경을 키워볼 생각인데 안 되나?"

"…이미 다 컸습니다만."

"더 클 수 있을 것 같은데."

"알아서 컸고 앞으로도 그럴 겁니다."

"제리오와 달리 꽤 냉정하군."

"쩝! 형을 들먹인다고 달라질 건 없습니다. 커피 잘 마셨습니다."

감성을 자극하는 방법은 괜찮았지만 번지수를 잘못 찾았다. 내가 베른이고, 제리오였다.

정제된 릴리즈를 먹은 뒤부터 루미엔은 식사를 하기 시작했고, 그 덕에 해골 같은 몸에 서서히 살이 붙고 생기가 돌아오고 있었다.

'문제는 여전히 기생충을 박멸할 방법을 모른다는 것이지만.'

눈을 감고 붉은색 마나를 찾았다. 그리고 어제 치료를 했던 위 부분을 봤다.

'빌어먹을!'

밤새 한 마리 한 마리씩 잡아서 죽여 위를 깨끗하게 만들어놓고, 잠깐 쉰다며 눈을 붙이고 커피 한잔하고 왔더니 그대로다.

기생충이라고 무시했는데 우습게 볼 존재가 아니었다. 분명 필요 이상의 개체수는 생존에 위협된다고 해서 더 이상 알을 까지 않고 있다가 빈 공간이 생기자 그새 알을 깐 것이다.

'한꺼번에 죽이지 않으면 계속 반복된다는 것인데. 가사 상태로 만들어도 안 되고, 한 마리씩 죽여도 안 되고, 방법이 없군.'

신체가 죽었다고 생각되면 어떻게 반응할지 궁금했다. 그래서 가사 상태로 만들었더니 기생충들도 가사 상태로 들어가 버렸다.

난 섣부르게 손대는 대신 깊은 생각에 빠졌다.

오랜 시간 고민했지만 이젠 방법조차 떠오르지 않았다. 기생충학이 있을지 모르겠으나 그걸 배우고 난 다음 고치길 시도해 봐야 할 것 같다.

"젠장! 오나 가나 기생충 때문에 문제가……!"

언제까지 트린가에 매달려 있을 수 없었다. 그래서 청소를 끝내자마자 치료에 매진한 것이다.

좀 더 길게 봐야겠다고 생각하며 일어나려는데 내가 한 말에서 '콱!' 하고 떠오르는 생각이 있었다.

내 몸에 있었던 피트가 만든 기생충과 악몽의 숲에서 사는 기생충.

마나를 탐하고 끔찍할 만큼 생명력이 강력했던 그것. 피트는 혹시 루미엔의 몸속에 있는 기생충을 이용해 내 몸을 차지했던 기생충을 만들지 않았을까 하는 생각에 이르렀다.

'설마?'

내 몸의 기생충—완전히 사라졌는지 여전히 의문이지만—이 어떻게 없어졌는지 알고 있다.

난 루미엔을 돌려 그녀의 등에 손을 올렸다.

'마음껏 먹어봐라.'

마나를 루미엔의 몸에 불어넣었다.

붉은 기생충들은 웬 떡이 또 들어왔나 싶었는지 열심히 먹기 시작했다.

괴물다웠다. 끊임없이 내 몸에 있는 마나를 절반쯤 먹어치웠다.

'잘못 생각했나? 이러다 괜히 숫자만 불리는 건 아닌 건지……'

붉은색 기생충들이 파랗게 변할 정도가 되자 성급하게 움직인 게 아닌지 걱정됐다. 그러나 그 순간 변화가 일어났다.

퍽!

붉은 점, 아니, 이젠 푸른 점 중 상당수가 사라졌다. 그리고 그걸 시작으로 푸른 점들은 빠르게 사라지기 시작했다.

내 예상은 정확했다.

그리고 잠시 후, 기생충은 완전히 사라졌다.

                    *   *   *

  나머지 아홉 번 삶의 기억이 먼지처럼 느껴질 정도로 베른의 기억은 거대했다.

  쓸 만한 것들이 0.001퍼센트도 되지 않는 거대한 쓰레기 더미를 뒤지는 기분이었다.

  무수한 인간의 재잘거림과 생각, 감정, 온갖 생명들의 속삭임, 과거인지 현재인지 모를 장면들 등등.

  베른은 마나의 정보를 보고 들을 수 있는 거대한 안테나였다.

  마나가 보고 들은 것과 가진 정보를 그도 보고 들을 수 있었고 느낄 수 있었다.

  머리가 터져 죽지 않고 미친 것만으로도 베른은 어떤 의미에서 대단했다.

  거대한 쓰레기 더미에서 찾아낸 쓸모 있는 기억은 그야말로 특별한 것들이었다.

  그중 이세계인 한국이라는 나라에 대한 짤막짤막한 기억들은 화들짝 놀라 할 말이 없게 만들기 충분했다.

  마법이 없는 세계. 그러나 지금의 대륙보다 훨씬 발달한 세계.

  천 년 전, 피트가 만났다는 미나라는 여자의 기억인지 그

여자가 넘어오면서 생긴 공간의 균열로 인해 넘어온 마나에 담긴 이계의 기억인지 확실치 않다.

아무튼 내가 이상한 물건을 잘 만드는 이유도 이계를 본 기억 때문이었다.

내가 있는 세계가 알게 모르게 이계와 닮아가고 있는 것도 영향이 있는 게 아닐까?

"하긴 이 넓은 우주에 우리만 존재한다는 것이 우습지. 이제 어떤 일이 있어도 놀랄 일은 없겠군."

'우주의 신비'라는 책을 읽는 기억이었는데 읽는 내내 내가 얼마나 하찮은 존재인지를 알 수 있었다.

우주의 신비를 읽고 난 후 베른의 기억 읽기를 멈춘 상태였다.

분석하느라 소모한 심력을 회복할 시간도 필요했고 이후의 기억을 읽고 분석해 봤자 의미가 있을까 싶었다.

나의 전용이 된 언덕에서 하늘을 봤다. 그러나 내가 보는 것은 파란 하늘이 아닌 너머의 태양계를, 은하를 그리고 있었다.

'피트는 저 넓은 우주에서 한국이라는 곳을 어떻게 찾아갈 생각이었을까?'

신이라는 존재가 있다고 해도 과연 찾을 수 있을까 의문이다.

꼬리에 꼬리를 무는 잡생각을 하고 있는데 익숙한 마나와 향기를 가진 이가 언덕으로 올라왔다.

"역시 여기 있었네."

에리안은 방해하지 않겠다는 듯 용건을 말하지 않고 옆에 턱 하고 누웠다. 그러나 온 것 자체가 방해다.

"무슨 일 있어?"

"생각할 일 있음 해. 그 다음에 얘기해도 돼."

"네가 이곳에 와서 내 머릿속엔 네 생각뿐이야."

컥!

내가 말하고 주화입마당할 뻔했다.

닭살스러운 말이 어디에서 왔는지 머릿속에서 맴돌다 입 밖으로 나온 것이다.

에리안도 갑작스러운 공격에 검을 뽑지 않을까 걱정했는데 의외로 얼굴을 붉히며 가슴에 얼굴을 묻었다.

"네가 날 그렇게까지 생각할 줄 몰랐어. 고마워."

"…다, 당연할 걸, 뭐. 한데 무슨 일 있는 거야?"

땀이 삐질 나왔다.

얼른 화제를 돌렸다.

"다름이 아니라 아버지가 세습 남작직을 수여받을 것 같아."

"잘됐네. 행크 형님과 아이를 위해서도."

"그런데 국왕 폐하께서 수여식 전날 있을 파티에 우리가 참석하길 바라시나 봐."

대충 감이 왔다.

'타칸 후작이 수작을 부린 게 분명해.'

별로 나서고 싶지 않았다. 그러나 아까 닭살스러운 말을 해놓고 이제 와서 부담스럽다며 빼는 것도 우스울 것 같았다.

어차피 조용한 삶은 물 건너갔으니 흐르는 대로 사는 것도 나쁘지 않을 것 같았다.

어차피 우주에 비교하면 먼지보다도 못한 존재였고 눈을 깜박이는 순간보다 짧은 삶을 살지 않았는가.

"그래? 국왕이 여는 파티가 얼마나 대단한지 보러 가는 것도 좋겠지."

"정말! 괜찮겠어? 그런 거 싫어하잖아?"

에리안은 상체를 일으켜 그녀답지 않게 묘한 표정으로 내 얼굴을 내려다보며 물었다. 내가 어떻게 반응할까 꽤 고민한 모양이다.

"너와 함께 있는 곳이 곧 나의 안식처야."

아, 젠장! 아무래도 생각을 하고 말을 해야겠다. 거지 같은 말이 계속 나온다.

그러나 에리안은 아니었다. 감격했다라고 충분히 알 수 있을 만한 표정으로 날 바라보다가 눈을 감고 입을 맞춰왔다.

말을 하느라 손발이 오그라들었지만 그에 대한 보상(?)은 나쁘지 않았다.

나도 눈을 감고 그녀의 입술을 느끼며 안아주었다.

천 년의 역사를 지닌 발칸 제국의 황궁까지 구경한 내겐 플

린 왕궁의 규모나 화려함에 놀라 두리번거리며 구경할 일은
없었다.

마법의 왕국이라는 별명답게 왕국 곳곳에 마법 물품들이
각각의 역할을 하며 뽐내고 있었지만 이미 박람회 때 충분히
본 것들이다.

"근데 연회장치곤 꽤 한적한 곳에 있나 봅니다."

나와 에리안을 안내하는 기사는 화려한 곳을 지나 나무가
점점 많아지는 곳으로 향하고 있었다.

"단장님께서 두 분을 저희 연무장으로 먼저 데리고 오라고
하셔서요."

"혹시 기사단장님의 성함이?"

"타칸 드 그라나스 후작님이십니다."

어쩐지 테트릭 남작보다 먼저 궁으로 오라고 하더니.

5분쯤 더 가자 커다란 건물과 함께 연무장이 모습을 드러
냈다.

마치 기다리고 있었다는 듯 족히 70명이 넘는 기사단이 한
쪽에 도열해서 서 있었다.

"여어~ 어서 와. 에리안 양도 어서 오게."

남녀 차별은 확실한 사람이다.

좋게 생각하면 친근하게 부른다고 할 수 있지만 그와 별로
친하게 지내고픈 생각은 없었다.

"후작님께선 언제 봬도 펄펄하시네요."

"핫핫핫! 그게 내 장점 아닌가. 자네 덕분에 며칠 고생한 것 빼곤 튼튼하네. 자넨 괜찮나?"

비꼼도 칭찬으로 들으니 할 말이 없다.

"한 달 정도 몸조리하고 이제야 조금 나았습니다. 지금도 그리 정상적이라 할 수는 없습니다."

"엄살을 떠는 걸 보니 다 나았군. 걱정 말게. 이곳을 쑥대밭으로 만들 생각은 없으니까."

"엄살이라 매도하시다니, 그날 맞은 옆구리가 욱신거립니다."

"됐네, 됐어. 오늘은 대결하자고 안 할 테니까 엄살은 여기까지."

"왠지 몸이 씻은 듯 낫는 것 같습니다."

존경하는 기사단장과 농담을 한다고 생각했는지 기사단의 표정과 눈빛이 매섭게 바뀌었지만 딱히 신경 쓰지 않았다. 오히려 댁들이 제대로 상대해 줬으면 내가 편했을 것 아니냐고 한마디 해주고 싶었다.

"한데 무슨 일로 이쪽으로 부르셨습니까?"

"응. 다른 게 아니라 여기 있는 녀석들이랑 한판 놀아달라고 불렀다."

"쩝! 결국 목적은 비슷하네요."

타칸 후작과의 대련은 싫었지만 한때 나 역시 기사단을 이끌었던지라 그의 마음이 이해가 됐다.

"저부터 할까요, 에리안부터 할까요?"

"오호~ 약자와의 대련은 좋아하는 거냐?"

도열한 기사단의 적의와 살기가 분기탱천한다. 어떤 대답을 해도 가라앉지 못할 것 같았다.

'능글능글한 영감탱이.'

대답 대신 연무장 안으로 들어섰다.

"검 좀 빌리겠습니다."

"마음껏."

손을 뻗자 한쪽에 위치한 다섯 개의 검이 날아왔다.

"쯧! 그 수선스러운 검법을 사용하려고?"

"이걸 원한 거 아닙니까?"

"뭐, 깔끔함은 에리안 양이 맡으면 되니까. 그것도 나쁘지 않겠지. 잘 부탁하네."

타칸 후작의 손짓에 5서클의 젊은 기사 한 명이 연무장에 올라왔다.

"아우스입니다."

"버나드입니다."

예의를 표한 후 가볍게 검 하나를 날리는 것으로 대련이 시작됐다.

5서클에 유저. 기사는 꽤 검술과 마법이 꽤 균형 있게 익힌 자였다. 게다가 왕실 기사단의 일원이라고 할 만큼 다섯 개의 검에 침착하게 대응했다.

그러나 높은 곳에서 아래를 보면 더 잘 보이듯이 그의 약점이 내겐 너무 잘 보였다.

'너무 정직해. 마법도 검술도. 내가 6서클의 벽을 뚫을 때처럼 이 남자는 정직함에 스스로를 얽매고 있어.'

좋게 말해 정직함이지, 나쁘게 말하면 딱딱하고 형식에 너무 치우쳐 있었다.

검의 움직임을 조금 더 빠르게 하고 불규칙하게 바꿨다. 그리고 마법으로 바짝 조여갔다.

피하고 막을 곳을 최대한 줄여 움직임에 변화를 꾀하게 만들고 틈틈이 빈틈을 보여줘 현재와 같은 정직한 공격이 아닌 변칙을 유도했다.

간간히 잘못된 움직임을 보이면 상처를 주는 것 또한 잊지 않았다.

대련이라 해도 아차 하면 큰 상처로 이어질 수 있는 상황. 상당한 압박감 속에서 그는 서서히 변칙적인 움직임과 공격을 선보였다.

"오호! 유도하는 건가?"

[쓸데없는 소리 하지 마세요!]

기껏 검술에서 초식보다 흐름이 중요하다는 걸 알려주고 있는데 리듬을 깨는 소리를 했기에 얼른 딜리버리 마법으로 입다물게 했다.

다행히 기사는 대련에 집중하느라 듣지 못한 모양이다. 그는 서서히 초식에 변화를 줌으로써 더 다양한 공격과 방어를 할 수 있음을 서서히 깨달아갔다.

우웅!

그의 검이 울었다. 그리고 푸른색 검기가 좀 더 짙어졌다.

'슬슬 끝내야겠군.'

다섯 자루의 검이 피할 수 있는 길을 하나만 남겨두고 그를 공격했고 그 피할 수 있는 길에 파이어 월을 꽂아 넣었다.

파훼법은 오직 하나. 나머진 어떻게 해서든 찔리든 베이든 화상을 입든 해야 했다.

"하압!"

젊은 기사는 기합 소리와 함께 검을 쭉 뻗으며 파이어 월을 뚫고 일직선으로 날아왔다.

파이어 월은 일반 불과 달리 마법적 방어막이나 그에 상응하는 검기를 두른 검으로 베지 않으면 뚫다가 불타 죽기 십상이다.

물론 돌아가거나 벽의 높이보다 더 높이 피하는 방법도 있지만 기사는 뚫고 날 향해 검을 날렸다.

그의 검은 마치 불타는 듯한 검기로 덮여 있었다.

그는 찔러오던 그대로 내 앞에서 멈췄다.

투명 손이 그의 검을 잡은 것이다.

"여기까지 하죠. 수고했습니다."

"…그러죠. 수고했어요."

젊은 기사는 그의 일격이 막힌 것이 아닌 자신의 검에 맺힌

진한 검기를 보고 놀라워하고 있었다.

무리하지 않고 이글거리는 검기를 일으키는 걸 보면 엑스퍼트가 된 것이 분명했다.

기사단에서도 그가 엑스퍼트가 되었다는 걸 눈치채고 웅성거렸다.

마치 나 때문에 엑스퍼트가 된 모양새지만 내가 이미 준비된 상태에서 다르트 교수의 도움으로 6서클이 된 것처럼 젊은 기사 역시 준비된 상태였기에 가능한 일이었다.

기사단의 반응이 어떠하든 타칸 후작의 손짓에 이번엔 얼굴이 유독 하얀 기사가 올라왔다.

6서클, 검술은 유저 수준으로 마법을 주로 사용하고 움직임은 하단전을 이용하는 전형적인 마법 기사의 표본이었다.

시전 속도, 시기적절한 사용, 화염 계열임에도 빙결, 바람, 전격 마법까지 섞어 쓰는 노련함까지.

나이에 걸맞은 운용이었다.

문제는 그의 공격에 힘도 강력한 한 방도 없었다.

이번엔 압박하지 않고 간간히 공격을 하면서 공간을 휘게 만들거나 마나를 조종해 그의 공격을 계속해서 무력화시키는 데 집중했다.

기사의 얼굴이 살짝 짜증스럽게 바뀌었다.

주변에서 보면 팽팽하게 싸우는 것처럼 느껴지기에 졌다고 말하며 물러서기도, 그렇다고 계속 공격을 하는 것도 어정쩡한 상태일 것이다.

새파랗게 어린 녀석에게 희롱당하고 있다는 느낌.

아마 현재 중년의 기사가 가진 느낌이 아닐까.

'좀 더 분노해, 이 양반아!'

난 그가 더 분노하길 바랐다.

그러다 문득 타칸 후작 쪽을 흘낏 봤다.

의뭉스러운 표정으로 씩 하고 웃는다.

어쩌면 오늘 일은 그의 작품이었는지도 모른다. 앞에 있는 기사의 중단전이 분노로 끓어오른다.

그러곤 화악! 빛을 내뿜고 그 다음 주변의 마나들이 일제히 그의 중단전을 향해 들어간다.

기사는 현재 자신의 변화를 못 느끼는지 계속 공격을 해왔다.

소모되는 마나양보다 들어오는 마나양이 더 많아졌고 파이어 볼, 라이트닝 월의 공격도 지금까지와 달리 매서워졌다. 그래서 자연 6서클로 한정했던 힘을 7서클로 올리며 대응했다.

다만 그가 지치지 않게 받아주는 정도였다.

[핫핫핫! 그놈 참 잘 가르치는군.]

머리를 울리는 웃음소리에 당장 때려치울까 싶었다.

[…우연이 겹친 것뿐입니다.]

[에리안의 실력이 발전하는 속도를 보고 설마 했는데 역시 가르치는 데 소질이 있군.]

쓸데없는 곳에 머리 쓰지 말고 직접 가르치라고!

내 속마음의 외침을 들었는지 타칸 후작은 말을 이었다.

[내가 누굴 가르치는 것에는 영 소질이 없어서 말이야. 서클을 올릴 때가 되었음은 잘 아는데 일단 시작하면 무작정 두들겨 패버려서.]

[그럼 단장을 그만두세요.]

[그러고 싶은데 폐하가 그러지 못하게 해. 네가 자르라고 말해줄래?]

내가 미쳤냐?

티격태격하는 사이에 기사는 점점 무아지경으로 빠지는지 혼자 허우적대다가 자리에 앉아 마나를 받아들였다.

난 그를 조심히 들어 해가 쨍쨍 내려쬐는 곳에 옮겨놨다. 7서클이 된 것에 대한 자그마한 선물이었다.

"전 여기까지 하겠습니다."

검이 제자리로 돌아갔다. 더 이상은 거절이다.

"수준이 이른 이들은 그 둘뿐이니까 그러든가. 다음은 에리안 양이 실력을 좀 보여주지."

끝까지 기분이 나쁘게 하는 건 그의 천성이리라.

에리안과 태그를 한 후 나무에 기대고 섰다.

그녀의 상대는 7서클 마법사에 유저였다.

'이번엔 쓴맛을 보여줄 생각인가?'

에리안에게 나와 같은 것을 바랐다면 착각이다. 그녀는 가장 빠른 시간에 끝을 낼 것이다.

에리안과 중년의 마도사가 싸움을 시작하려 할 때 처음에 붙었던 젊은 기사, 버나드가 내가 있는 쪽으로 다가왔다.

39장
도우 마탑의 부탁

"아우스 경, 고맙습니다."

"꽉 찬 물탱크에 물을 살짝 부은 것뿐입니다. 감사는 절 이용한 타칸 후작님께 하는 게 맞습니다."

딱히 생색하려 한 일이 아니었다. 그저 눈앞에 상대가 있었고, 그에 평소 광산의 친구들과 기사 동료들에게 하듯이 한 것뿐이다.

"작은 그 일이 누군가에게는 큰 도움이 된 것이죠. 근데 저 두 사람의 대결은 누가 이길 것 같습니까?"

계속 고맙다고 말하지 말라는 것도 우스웠기에 그냥 넘어갔다.

"에리안이 낙승할 겁니다."

"7서클보다 마스터가 우위에 있다고 하지만 슬루 남작… 님은 이미 10년 전에 7서클에 이른 사람입니다."

"시간이 실력에 비례하는 건 아닙니다. 특히 에리안의 경우 마법사에겐 특히 강합니다."

"그럼 내기를 해보면 어떻습니까?"

"어떤?"

"술을 거하게 쏘기! 예쁜 여자가 있는 곳에서!"

마도사를 꽤 믿나 보다.

"그러죠. 대신 내가 이기면 여자는 필요 없습니다."

내기가 쓸데없이 디테일하다. 에리안을 포함해 여기 있는 사람들 중 절반은 들었겠다.

버나드와 얘기하고 있는 사이, 에리안은 마도사의 실력을 가늠하려는 듯 가볍게 몇 합을 주고받고 있었다. 그리고 우리가 한 내기에 대해 들었는지 바로 실력을 드러냈다.

그녀는 마도사에게 접근하며 그가 펼치는 마법들을 순식간에 잘라 버렸다.

그에 마도사는 얼른 블링크로 뒤로 피했고 이어 프로텍트를 펼쳤다. 그러나 실수였다.

가볍게 휘두른 검이 그대로 마나의 틈에 박혀 프로텍트를 자르고 마도사의 목에 닿았다.

"…졌소."

나와 타칸 후작을 제외하곤 모두 놀란 얼굴로 에리안을 바라보고 있었다.

"더 있나요?"

그녀는 담담한 표정으로 다음 상대를 찾았다.

타칸 후작은 다른 상대를 찾기보단 방금 진 슬루 남작에게 물었다.

"대련 영역을 쳐줄 테니 다시 해보겠나?"

"…그래도 되겠습니까?"

"패배를 인정하지 않으면 의미가 없으니까."

타칸 후작의 말에는 기사단에게 자극을 주려는 의도가 있음을 확신했다.

'또 다른 의도가 있을지도 모르고.'

추측이 가는 게 있었다. 그러나 예상대로라면 조만간 확인할 수 있었기에 굳이 깊이 생각하지 않았다.

에리안과 슬루 남작을 덮는 아공간과 비슷한 대련 영역이 만들어졌다.

밖에서는 변한 게 없었지만 안에 있는 두 사람에겐 20배 이상 넓은 연무장으로 바뀌었을 것이다.

두 번째 대결.

슬루는 자신이 가진 비장의 마법들을 아낌없이 사용했다.

비처럼 번개가 내린다고 해서 붙여진 라이트닝 레인과 안개를 마치 생물처럼 이용하는 독특한 마법까지.

새로운 마법에 주춤거리는 에리안. 그러나 그것도 잠시, 그녀는 검을 피뢰침처럼 이용하고 안개를 열기로 날려 버리며 무력화시켰다.

"졌소……."

제3기사단 부단장인 슬루 남작이 확실하게 패배를 인정했다.

"이번엔 제가 나서겠습니다."

제2기사단 부단장이 나서려 했지만 타칸 후작은 고개를 저었다.

"이제 연회장으로 보내줘야 할 시간이네. 기회는 다음으로 미루도록 하지. 고생들 했네. 먼저 가 있게. 난 잠시 후에 합류하지."

기사단에 할 말이 있는 모양이다.

처음 이곳으로 안내를 했던 기사가 연회장까지 안내를 한다며 앞장섰다.

"내기에 졌으니 술 사겠습니다!"

버나드는 기사단 분위기를 모르는지 해맑게 웃는 얼굴로 손을 흔들며 인사했다.

"어지간히 분위기를 모르는 기사 같아, 안 그래?"

고개를 절레절레 흔들며 말하자 에리안은 어깨만 으쓱할 뿐 별말이 없었다.

연회장에 들어서자 연무장에서 대련을 한 것보다 더한 귀찮음이 기다리고 있었다.

테트릭 남작과 행크, 에리안과 함께 다니며 왕국의 행정을 담당하는 귀족들과 통성명을 해야 했다.

간간히 에리안이 손을 잡아주지 않았다면 견디기 쉽지 않았을 자리였다.

드디어 인사를 다 끝냈나 싶었을 때 또 50대 초반쯤 되어 보이는 여자가 연회실로 들어왔다.

"왕국 안보국 국장인 슈린 백작님이시네. 12패왕 중 한 분이지."

테트릭 남작은 낮은 목소리로 설명을 하며 그녀에게 다가갔다.

슈린 백작이라면 잘 안다. 12패왕 중 일인이라서 아는 것이 아니라 에리안이 가장 존경하는 이라고 몇 번이고 얘기해서다.

왕국 최초의 명예직이 아닌 세습 백작 위를 받은 여성, 최초의 여성 행정 조직 국장, 최초로 8서클에 이른 여성 등등.

무엇보다도 그녀의 위대한 업적은 남자를 위한 존재로, 아이를 낳기 위한 존재로 여겨지던 여성에 대한 고정관념을 깨뜨렸다는 데 있었다.

그녀 이후 30년간 많은 것이 변화하고 있었다.

능력 있는 여성들에 대한 행정 조직 참여가 활발해지기 시작했고 여성들의 사회적 지위가 조금씩이지만 높아지고 있었다.

물론 아직까진 전체 행정 조직의 0.1퍼센트도 되지 않았지만 말이다.

"오랜만에 뵙습니다, 슈린 백작님."

"그러네요, 테트릭 남작. 지난번 박람회 때 참석하려 했는데 일이 있었어요."

"왕국에서 가장 바쁜 분이시잖습니까. 이쪽은 제 아들 녀석인 행크, 이쪽은 딸인 에리안, 마지막으로 딸의 연인인 아우스 경입니다."

"왕국을 제국으로 이끌 미래의 동량지재들이네요. 모두들 반가워."

슈린 백작은 부드러운 목소리에 웃는 얼굴로 말했다. 특히 에리안을 볼 땐 호기심과 호감을 동시에 보였다.

날 볼 땐… 글쎄, 정확히는 모르겠다. 그저 대련 상대로 보지 않는 것만으로 만족한다.

"에리안 영애는 나랑 잠깐 볼까요?"

"예! 백작님."

에리안은 존경의 대상이 따로 보자고 해서인지 무척 기뻐했다. 평소의 냉정한 얼굴과 별로 달라지지 않았지만 조금씩 그녀의 표정을 알 것 같다.

눈썹이 살짝 올라가면 놀란 표정, 눈이 살짝 커지면 기뻐하는 표정, 콧방울이 살짝 실룩이면 화난 표정, 입꼬리가 오른쪽으로 미세하게 내려가면 슬퍼하는 표정.

감정이 격해지면 여느 사람처럼 표정이 얼굴에 고스란히 나타나지만 격해지는 일이 있을까 싶다.

'발트란에서 던져졌을 때와 나랑 다시 만났을 때.'

연회장의 사람들과 얘기를 나누는 테트릭 남작과 행크와 떨어져 이런저런 생각으로 시간을 죽였다.

"국왕 폐하 들어가십니다!"

지루함에 하품을 하는데 문을 열고 들어온 시종장이 큰 소리로 알렸다.

모두 무릎을 꿇고 고개를 숙였기에 나 역시 같은 자세를 취했다.

두 사람이 들어왔다. 둘 다 아는 사람이다.

타칸 후작과 버나드 경.

'훗! 혼나지 않을 자신이 있었던 거군.'

버나드가 조금 앞에서 걸어 들어오는 것을 보아 그가 플린 왕국의 국왕임이 틀림없었다.

"모두 고개를 들어 연회를 즐기시오."

왕의 말에 모두들 일어나 자연스레 연회를 즐겼다.

고개를 들자마자 버나드, 아니, 베르나켄 비츠 플린 국왕이 웃는 얼굴로 다가왔다.

"예의는 됐어. 많이 놀란 얼굴은 아니군?"

"충분히 놀라고 있습니다, 폐하."

검으로 상처까지 입히지 않았든가.

"아까 대련과 관련된 일이라면 신경 쓰지 않아도 돼. 내가 원

해서 한 일이고 그만한 일로 화낼 만큼 찌질한 왕은 아니거든."

"저에겐 천운이군요."

"하하하! 타칸 후작의 말대로 재미난 친구군."

"후작이 절 재미있어하는 경향이 있긴 하죠."

"경은 싫겠지만 종종 대결을 해주게. 계속 단장에서 물러나 겠다는 말을 하던 사람이 에리안 양과 경을 보고 와선 더 이상 말을 하지 않더군."

"대결할 때마다 명이 줄어드는지라……. 하지만 최선을 다해 노력해 보겠습니다."

"그래주면 경의 노고를 잊지 않겠네. 물론 술 내기도 잊지 않고 있으니 걱정 말게."

쓸데없는 부담감만 준 베르나켄 왕은 얘기할 사람이 많은지 금세 자리를 떴다.

거추장스러운 후작도 데리고 가라고 소리치고 싶지만 왕에게 헛소리할 만큼 세상을 헛살진 않았다.

"언제로 잡을까?"

타칸 후작이 묻는다.

"뭘요?"

"대결."

"글쎄요. 최선을 다해 노력해 보겠지만 언제 다 나을지는 장담을 할 수 없어서."

"클클클! 네가 순순히 대답을 한다 싶었다. 걱정 마라. 한동안 널 괴롭힐 일은 없을 거다."

"듣던 중 반가운 소리군요."

"대신 나 대신 한 가지만 해다오."

"…조건을 붙일 일은 아닌 것 같은데요? 기사단과의 대련이라면 사양입니다."

"그건 에리안이 하게 될 거다."

"에리안과 얘기가 된 겁니까? …아니, 지금 얘기 중인 겁니까?"

여전히 슈린 백작과 얘기 중인 에리안을 흘낏 보곤 물었다.

"왕국의 인재를 가만히 두는 건 어리석은 짓이지. 아마 에리안 양이 허락한다면 오늘 정식으로 남작 위를 받게 될 거야."

"졸지에 남작 남자친구가 되는 거군요. 그것도 그리 나쁘지 않죠."

남작 부인이 아닌 남작 남편. 왠지 놀고먹을 수 있을 것 같은 것이 어감이 좋다.

"백작 남편에 이어 남작 남편이라도 될 모양이구나. 하지만 백작 남편이 어떻게 살았었는지 알면 그런 소리 못 할 거다."

"어째 과거형입니다?"

"죽었으니까."

타칸 후작은 안됐다는 표정으로 중얼거렸다.

"슈린 백작님이 설마 때려죽이기라도 했습니까?"

"쯧! 생각이 어찌 그리 극단적이냐. 화병이었다."

"예?"

"조금만 생각해 봐라. 부인이라면 모를까, 남편이 제대로 취급을 받았겠느냐? 부인들끼리 모임에도 끼지 못하고, 남자들 모임에도 끼지 못하고 만날 쑥덕대는 소리를 들었을 텐데 멀쩡한 게 이상하지."

하긴 남편이 평범한 사람이었다면 그 역시 최초였을 테니 힘들었을 것이다.

"간단한 일이다. 본래 내가 할 생각이었는데 수도를 떠날 수 없어 네게 부탁하는 것이다."

"지방 일입니까?"

"왕국 동쪽에 있는 최고의 휴양지야. 내 별장이 있는 곳이니 일 끝내고 며칠 푹 쉬다 와도 좋아."

일을 끝내고 휴양지에서 며칠 쉬고 올 생각을 하자 마음이 흔들린다.

"정확히 무슨 일입니까?"

"탑의 일이라 정확히는 나도 몰라. 가면 상세히 설명해 줄 거야."

"언제 가면 되는데요?"

"사흘 후까지만 가면 돼. 미리 가서 쉬어도 되고. 별장엔 연락해 두지."

"좋습니다. 대신 올해 안엔 대결하자는 소리 하지 마십시오."

"내 명예를 걸고 약속하지."

너무 순순히 답하니 왠지 찝찝함이 밀려왔다. 그러나 베르나켄 왕이 연회장 앞쪽의 단상으로 올라가는 게 곧 수여식이 시작되려 하는 것 같아 대답을 재촉했다.

"알겠습니다."

"좋아! 탑에도 자네가 간다고 연락하지."

타칸 후작은 대답을 끝내고 얼른 베르나켄 왕의 왼편에 섰다. 슈린 백작이 왕의 오른쪽에 서자 행사가 시작되었다.

"테트릭 디 프링크 남작은 들어라!"

"플린 왕국의 종 테트릭, 위대한 국왕이신 베르나켄 비츠 플린 폐하의 명을 받듭니다."

사전에 교육을 받은 건지 테트릭 남작은 한 치의 흐트러짐 없이 황제의 앞에 무릎을 꿇으며 앉았다.

그에겐 감격스러운 순간이겠지만 내겐 연극과 다를 바 없었다. 그래서 옆에 있는 에리안에게만 들릴 정도로 낮게 중얼거렸다.

"어떻게 하기로 했어?"

"집안일을 우선으로 해도 된다는 조건이라 받아들이기로 했어. 왜, 싫어? 그렇다면 지금이라도 싫다고 말할게."

"아니, 잘했어. 이왕 시작한 거 백작을 넘어 후작까지 해봐."

"딱히 승작을 바라고 하는 건 아냐."

"그럼?"

"진짜 이유는… 아냐. 나중에 말할게."

대련을 하기 위해 한 건가. 그렇게 말한다고 해서 이상하게 볼 것도 아닌데 조금 이상했다.

그녀답지 않다고 다시 물으려고 하는데 박수 소리와 함께 테트릭 남작은 정식 세습 남작이 되었다.

그리고 행크는 자연스럽게 준남작이 되었다.

"갔다 올게."

말할 때와 달리 약간 긴장했는지 에리안은 다소 딱딱한 모습으로 앞으로 걸어갔다. 그리고 테트릭 남작과 같은 말을 하며 자세를 잡았다.

한 집안의 두 명이 동시에 남작이 되는 순간이었다.

"나 플린 왕국의 국왕 베르나켄은 에리안 프링크에게 가르엘이란 성을 하사하며 단승 남작에 임명하노라."

"에리안 가르엘, 폐하께서 주신 성에 누가 되지 않도록 최선을 다하겠습니다."

에리안은 그녀만의 성을 가지게 되었다.

'아우스 가르엘, 어감이 나쁘진 않네.'

솔직히 나에게 작위를 준다고 했으면 거절을 했을 것이다.

과거에 귀족이 되고 싶어 아등바등한 적도 있었지만 이젠 별로다.

왕이 아닌 이상에야 얽매어 살기는 마찬가지 아닌가.

지금의 내 꿈은 귀족이 아닌 돈 많은 평민이었다.

　　　　*　　　　　*　　　　　*

　플린 왕국이 '마법의 왕국'이라는 타이틀을 갖게 된 것은 엔트 할아버지의 화염 요리기와 도우 마탑 덕이라고 해도 과언이 아니었다.

　특히 도우 마탑의 경우 마법책을 대중에게 팔기 시작하면서 대륙의 판세를 바꾼 곳이라 더욱 특별했다.

　나 역시 광산에서 도우 마탑의 마법책으로 처음 마법을 시작하지 않았던가.

　각설하고 마법책 판매와 이후 소속 마법사들이 마법 물품을 만들어내며 막대한 부와 명예를 축적한 마탑은 입구부터 그 명성에 걸맞았다.

　'쯧쯧! 다들 죽상이네.'

　이미 완성된 명성을 지키는 길에 있어서 부단한 갈굼 이상이 있을까.

　직접적인 선후배, 스승의 갈굼일 수도 있지만 자격지심으로 일한 채찍질 또한 스스로에 대한 갈굼이라 할 수 있을 것이다.

　조금만 버리면 될 것을 왜 저러고들 사는지 안쓰럽다. 6서클이 된다고, 7서클이 된다고 조금 더 위로 올라갈 수 있을지 모르지만 세상은 크게 바뀌지 않았다.

　동태눈으로 멍하니 움직이는 마법사들과 함께 마탑으로 들어갔다.

로비 한쪽에 안내 데스크가 있다.

"실례합니다. 타칸 후작님이 보내서 왔습니다."

"7층 703호실에서 기다리고 있습니다. 중앙의 리프트를 이용하시면 됩니다."

기억 속 엘리베이터와 조금 달랐다.

거대한 원형 판이 탑의 중앙을 오르내리며 병든 닭 같은 마법사들을 실어 나르고 있었다.

내려오는 원형 판에 오르자 잠시 후 위로 올라갔다.

2, 3층은 들르지 않고 4층부터 짧은 시간 동안 섰다가 다시 움직였다.

7층에서 내리자 빙 둘러 호실이 음각된 문들과 동서남북으로 들어가는 복도가 있었다.

703호는 건물 외벽 쪽에 위치해 있었다.

"들어오세요."

노크를 하고 안으로 들어가자 문 맞은편에 하얀색 로브를 입은 중년의 마법사가 앉아 있었다.

분명 처음 보는 얼굴이긴 한데 얼굴이 낯설지 않다.

타칸 후작과 많이 닮았다.

'타칸 후작의 형인가? 아님……'

타칸 후작보다 조금 나이 들어 보이긴 했지만 그가 형이라고 확신할 수 없었다.

"아버지에게 들었소. 앉으시오."

역시나. 신체 재구성은 아들이 아버지보다 늙어 보이게 만들기도 했다.

나에게도 일어날 수 있는 일이었기에 내색하지 않고 권하는 의자에 앉았다.

"무슨 얘긴지 들었소?"

그는 통성명도 없이 바로 본론으로 들어갔다. 후작의 아들이라면 최소한 남작이었고 나이도 많았기에 하오체를 쓴다고 해서 기분 나쁠 것은 없었다.

"아뇨. 그저 쉬운 일이라고 들었습니다."

"설마 그 말을 곧이곧대로 들은 거요?"

"그리 믿음직한 분은 아니지 않습니까. 한데 꽤 어려운 일인 모양입니다?"

"쉬운 일이었다면 탑에서 해결하지 않았겠소?"

아무래도 발을 잘못 들인 것 같다. 쉽지는 않을 거라는 생각은 했지만 타칸 후작 정도 되는 사람이 해결할 수 있는 일이라곤 생각을 못 한 것이다.

'남은 인생 빌어먹을 영감 같으니라고.'

"모르고 온 모양이군요. 하지만 아버지가 생각 없이 보내진 않았을 터이니 설명을 드리겠소."

그의 설명은 간단했다.

왕국의 휴양 도시인 트리즌 근처 마을에 위치한 프랭고 마탑과 마을 사람들이 하루아침에 모두 주검으로 발견됐다. 한데 그 주검들이 하나같이 미라처럼 변해 있었다고 한다.

그에 트리즌의 영주가 사건에 대해 대대적인 조사를 벌였다. 그러나 단서가 될 만한 것을 발견하지 못했기에 도우 마탑에 도움을 청한 것이다.

"프랭고 님은 우리 도우 마탑의 출신으로 아버지의 사제였고 7서클 마도사였소. 그런 분이 끔찍한 사고를 당했으니 요청도 요청이지만 마탑으로서도 가만히 있을 수가 없지 않겠소?"

고개를 끄덕이는 걸로 수긍했다.

"천재지변인지 아님 어느 단체의 짓인지 모르겠지만 해결을 위해선 아무래도 고서클의 마도사가 필요하다는 것이 탑의 장로들의 의견이었소. 그에 아버지에게 부탁한 것이오."

"그렇군요."

"…할 수 있겠소?"

타칸 후작이 생각 없이 보내지 않았을 거라고 말하면서도 내가 못미더운 모양이다.

"이제 와서 그만둔다고 하기에도 어정쩡하니 최선을 다할 수밖에요."

트리즌의 영주가 열심히 조사해서 발견하지 못했는데 나라고 별수 있겠는가.

그저 휴가 삼아 다녀올 생각이다.

"잘 부탁한다는 말 외에 달리 할 말이 없군요. 언제 출발할 생각이오?"

"지금 갈 생각입니다. 딱히 할 일도 없고 가서 하루 이틀쯤 정취를 느껴볼 생각입니다."

"…정취를 느끼고 트리즌 영주의 성으로 가면 될 거요. 선발대가 이미 가 있으니 그들과 잘해보시오."

"절 도울 사람들입니까?"

사실 혼자가 편했다. 그러나 이미 보냈다는데 어쩌겠는가.

다만 누가 위인지는 정확히 해둬야 했다.

"그렇소. 조사 팀의 팀장은 아우스 경 그대요. 자, 이건 도우 마탑의 증명서요."

도우 마탑을 나온 나는 곧장 텔레포트 탑으로 가서 트리즌 영지로 이동했다.

"……."

트리즌 영지는 길쭉하게 생긴 플린 왕국의 북쪽 해안가에 위치한 휴양지였다.

즉, 12월인 지금 사계절이 뚜렷하게 나타나는 트리즌 영지는 비성수기였다.

휴양지의 정취를 느끼고 싶다고 했을 때 타칸 후작의 아들이 왜 이상한 표정을 지었는지 황량한 해안가를 보고 이해할 수 있었다.

위이이이잉~

뼈를 시리게 만드는―느낌이 그렇다는 거다―바람이 현재 내

마음을 대변해 주었다.

눈앞에 타칸 후작이 있었다면 내가 먼저 대결을 시작했을 것이다.

왠지 여기까지 와서 그냥 가자니 열이 받았다.

'사람이 많거나 미라를 만들 요량으로 태양이 내리쬐야 즐거운 건 아니잖아!'

"이~~~~ 야!"

모래사장에 발자국을 남기며 미친 듯이 뛰어가 바다에 뛰어들었다.

신체가 재구성이 된 다음 추위와 더위를 딱히 느끼지 않았다. 일반인이라면 발을 담그기도 힘들 만큼 차가운 바닷물이 딱 시원한 정도다.

첨벙첨벙!

멋들어지게 수영을 하며 해안을 따라 형성된 해수욕장을 가로질렀다.

과과과과과과! 쿠오오오오오오오!

커다란 물보라를 만들며 한참을 헤엄치며 다녔다.

여기까지 와서 그냥 갈 수 없다는 생각에 오기로 시작한 일이지만 하다 보니 즐거웠다.

시간 가는 줄 모르고 헤엄치며 놀았다.

"헉헉! 좋네."

숨이 헐떡일 만큼 열심히 수영을 하고 바다에 누워 하늘을 봤다. 해가 지고 있는 하늘은 어떤 그림으로도 표현하지 못할 만큼 아름답고 신비로웠다.

해가 완전히 지고, 별이 뜰 때까지 물을 이불 삼아 누워 있었다.

"이제 슬슬 돌아갈까."

육지가 보이지 않았지만 걱정 없다. 별을 보고 찾아갈 수 있었다.

텔레포트로 이동할 수 있었지만 지금은 수영하는 것이 좋았다.

별을 보고 찾아와서인지 해수욕장과 조금 떨어진 항구에 도착했다.

뭍에 올라 큰 물방울을 만들어 샤워를 한 후 수증기를 날려 버렸다. 그리고 항구에 즐비한 가게 중 숙식이 가능한 곳으로 들어갔다.

"어서 옵쇼!"

일을 끝내고 온 어부들 때문인지, 주로 생선 요리를 하는 곳이라 그런 건지 몰라도 식당 안은 비릿한 바다 향으로 가득했다.

예전 존슨으로 있을 때가 머릿속에 떠올랐다.

"식사하고 하룻밤 묵어가고 싶은데요."

"독방은 5은, 5인실은 1은 50쿠퍼이고 식사는 별도입니다."

"독방으로 주세요. 식사는 이곳에서 제일 유명한 것으로 두

세 개 주고, 술은 어떤 것이 있습니까?"

"올 봄에 담근 보리주가 아주 맛있습죠."

"그럼 그걸로 하죠. 술부터 갖다 주세요."

"네네~ 여기에 앉아 잠시만 기다리세요."

자리에 앉자 1분도 되지 않아 이름 모를 마른 해초에 보리주를 가져왔다.

"식사 나오기 전에 안주 삼아 드셔보세요. 보리주와 잘 어울릴 겁니다."

뭔가 싶어 해초를 보고 있자 종업원이 설명했다.

손으로 한 조각 집어넣었고 씹었다. 짜면서 꼬들꼬들한 식감이 나쁘지 않다.

"자네, 프랭고 마을 얘기 들었나?"

왁자지껄한 소리들 가운데 프랭고라는 말에 절로 집중이 되었다.

"그 일에 대해 모르는 사람이 몇 명이나 되겠나. 전염병으로 한 마을이 사라졌는데."

"마탑의 마법사들마저 다 죽었는데 정말 전염병으로 죽었을까?"

"아주 독한 전염병일 수도 있지. 그 때문에 마을로 가는 길목이 모두 막혔잖아. 근데 그리 말하는 걸 보니 뭔가 들은 거라도 있나보군?"

"우리 옆 동네에 사는 아보르 알지?"

"해안 경비대에 일하는, 그 돈 좋아하는 젊은 친구 말이지?"

"응. 그 친구가 사건이 일어나고 난 후에 거길 갔었나 봐. 근데 시체들이 다 오래전에 죽은 미라들처럼 되어 있었다더군."

"그런 전염병일 수도 있지 않은가."

"그럴 수도 있어. 근데 그 친구가 그 전날 해안을 순찰하다가 마탑 있는 곳에서 회오리치는 어둠의 구름이 떠 있는 걸 봤대."

"에이~ 비구름이 떠 있었겠지."

"이 사람아, 그날 우리가 만선했던 날이야. 하늘에 구름 한 점 없었다고."

"자네 말을 들어보면 뭔가 이상하긴 한데… 그럼 어쩔 거야. 우리 같은 어부가 무슨 수라도 있나?"

"누가 어쩔 수 있대? 그냥 이상하다는 거지."

"그딴 우울한 얘기하지 말고 지난번 발칸에 갔을 때 만났다는 과부 얘기나 해봐."

기승전이성 얘기라더니.

"요리 가져왔습니다!"

생선찜과 볶음 요리, 게찜이 나왔다.

"저쪽 테이블에 무료라고 말하고 술 두어 병 갖다 줘요. 계산은 내가 할 테니."

나름 유용한 정보를 준 대가였다.

"예? 아, 네. 알겠습니다."

종업원은 별말 하지 않고 방금 얘기한 사람들에게 술을 갖다 줬다.

그러고는 느긋하게 식사를 마치고 난 후 준비된 방으로 가 잠을 청했다.

*   *   *

트리즌 영지는 외성이 없어 바닷가에 촘촘히 세워둔 감시 초소가 외성을 대신했다.

내성으로 들어가 조금 걷자 성으로 들어가는 도개교가 나왔다.

"멈추십시오. 무슨 용건입니까, 기사님?"

기사 복장으로 갈아입은 상태였기에 경비병들의 태도는 부드러웠다.

증명서를 내밀자 성내의 누군가와 수정구로 대화를 한 후에 비켜섰다.

"해자를 호수처럼 이용하고 있는 건가?"

물이 채워진 해자가 있는 성은 정말 오랜만이었다. 필요가 없어지면서 대부분 메우고 성을 확장하거나 다른 용도로 사용했는데 트리즌 영주는 예쁘게 꾸며뒀다.

성으로 들어가는 창살 문은 이미 열려 있는 상태였다.

"어서 오세요, 아우스 경. 스승님께 연락을 받고 기다리고 있었습니다."

망루의 사람에게 연락을 받고 나왔는지 도우 마탑의 트레이드마크라 할 수 있는 하얀색 로브의 모자를 쓰고 옷깃이 옷 안에 들어가 있는지도 모른 듯한 젊은 마법사가 인사를 했다.

"반갑습니다. 한데 마법사님은 성함이?"

"제이입니다. 들어가시죠. 조사 팀이 있는 곳으로 안내하겠습니다."

또 하나의 문을 통과하고 나자 여러 채의 저택들이 눈에 띄었다.

제이가 안내한 곳은 백작의 머무는 곳이라 생각되는 저택에서 오른쪽으로 조금 떨어져 있는 곳에 위치한 숙소였다.

"뛰어오느라 힘들었겠습니다, 제이 경."

"하… 하… 아닙니다. 새벽까지 아나툴 백작님께서 주체한 파티에 참석하느라 다들 자고 있습니다. 이곳에서 잠시만 기다리면 금방 데리고 나오겠습니다."

"아뇨. 그러지 마세요. 혼자 수영하기가 지겨워져 일찍 온 것뿐이니 내버려 두세요. 차를 마시면서 천천히 기다리죠. 제이 경도 좀 더 자다가 와요."

오늘도 수영이나 하면서 놀자는 생각으로 새벽에 여관을 나와 수영을 했는데 금세 지겨워졌다.

언덕과 달리 거치적거리는 바다 몬스터와 생선(?)이 너무 많았다.

로비에 앉아 시종들이 가져다주는 차를 마시고 기다렸다. 점심쯤 되자 하나둘씩 술 냄새를 풀풀 풍기며 아래로 내려왔다.

6서클 두 명에 5서클 셋으로 40대 중반부터 20대 초반까지 고루 있었다.

다행인 점은 타칸 후작을 지원하기 위한 사람들인지 어린 내가 왔음에도 별로 개의치 않고 주도권에도 관심이 없는 듯 보였다.

해장 겸 점심을 먹으며 소개를 받았고 그들의 분야에 대해서도 들었다.

"오늘은 사건 현장을 가볍게 한 바퀴 돌아볼 생각인데 같이 가실 분?"

"선택권이 있는 거요, 아우스 경?"

조사 팀 중 가장 연장자인 마론이라는 마법진 전문 마법사가 물었다.

거짓말인지 아닌지 헷갈리는 모양이다.

"물론입니다. 여러분들은 이미 돌아보지 않았습니까? 빠르게 돌 생각이니 컨디션이 좋지 않다면 그냥 계시는 걸 추천합니다."

이들은 이미 5일 전에 도착해 나름대로 조사 중이라고 들었다.

"그렇소. 후작님이 오시기 전에 먼저 돌아보고 알려 드리는

것이 우리의 일인지라. 설명이 필요하면 지금이라도 해드리겠
소."

"아무런 선입견 없이 돌아보고 싶습니다. 설명은 다녀온 후
에 듣기로 하죠."

"그래도 혼자 가는 것보다 한 사람쯤 데리고 가는 것이 좋
을 겁니다. 제이, 네가 다녀오려무나."

"…네."

"간단한 것은 제이가 설명할 겁니다."

막내는 괴로운 법인가 보다.

제이만 마지못해 나와 함께 가기로 했다.

트리즌 백작가에서 준비해 준 말을 타고 프랭고 마을로 향
했다.

"아우스 경, 한 가지 물어봐도 되겠습니까?"

"물론이죠. 편하게 물어보세요."

어차피 가는 동안 할 일이 없었다.

"타칸 후작님 대신으로 왔다면 7서클이라는 소린데 나이가
어떻게 됩니까?"

"며칠 지나면 스물한 살이 되겠군요."

따지자면 8서클이었지만 굳이 고치지 않았다.

"맙소사! 도대체 마법을 어떤 식으로 배웠기에……!"

"타고난 재능과 누군가의 안배, 그리고 행운이 여러 번 겹

쳤죠. 거기에 성장하지 않으면 죽게 된다는 절박함도 한몫했고요."

"휴우~ 재능과 안배, 절박함이 필요하군요."

"제이 경은 몇 살입니까?"

"스물셋입니다."

"스물셋에 5서클이면 재능은 충분한 것 같은데요."

"도우 마탑의 본 탑에 있으니까 나쁘진 않은 편이죠. 하지만 아우스 경에 비교하니 태양과 반딧불의 차이처럼 느껴지는군요."

자조적인 말임에도 부러움이나 씁쓸함은 거의 느껴지지 않았다.

"그리 말하면서도 부러워하는 것 같진 않습니다."

"하하… 조금도 부러워하지 않는다면 거짓말이겠죠. 다만 조금 마음을 비웠습니다. 박람회 때부터 아등바등 사는 것이 의미가 없어지더군요."

"재능이 확실히 좋으시군요."

"…네?"

내 말이 비꼬는 것처럼 들렸나 보다.

"비꼬는 게 아닙니다. 제가 5서클일 때 6서클이 되고 싶어 꽤 조급했습니다. 그리고 그 조급함은 오히려 6서클이 되는 걸 막고 있었죠. 다행히 현인이라 할 수 있는 이의 도움으로 그 단계를 넘을 수 있었죠. 한데 제이 경의 경우 6서클이 되려 하니까 알아서 조급함을 버리게 만들지 않습니까?"

"경의 말은 제가 마법을 등한시하는 것이 6서클에 이르게 하기 위한 잠재의식의 발현이라는 뜻입니까?"

"아마도요. 조금 지나면 알게 될 겁니다. 집착과 열정은 다른 것이라는 걸요. 물론 내려놓는 것과 포기하는 것도 다르지만요."

"……"

따라온 것에 대한 소소한 보답으로 한마디 해줬다.

물론 한마디에 당장 6서클이 되는 기적은 없었다. 사실 그는 아직 부족했다.

운동을 하던 사람이 운동을 하지 않으면 군살이 붙고 근육이 빠지듯이 마법 수련을 게을리하면 서클이 사라지거나 떨어지지 않겠지만 약해진다.

제이의 중단전에서 그런 현상을 봤기에 말이 나온 김에 응원을 해준 것이다.

프랭고 마을로 들어가는 길 앞에 세워진 임시 초소가 보였다.

"이분은 타칸 후작님 대신에 도우 마탑에서 파견된 아우스 경입니다."

제이는 초소를 지키는 기사에게 날 소개했다.

그들은 별다른 얘기 없이 바리케이드를 치웠고 우린 초소를 지나쳤다.

20분쯤 가자 마을과 제법 먼 거리에 우뚝 솟은 마탑이 보였다.

"마탑의 마법사와 마을 사람들이 모두 죽은 곳이라 뭔가 으스스할 줄 알았는데 굉장히 평화롭군요."

마을에 들어서자마자 이상함이 느껴졌다.

"저희와 비슷한 생각을 하시는군요. 처음 조사를 할 때 뭔가 이상했는데 나중에 생각해 보니 경의 말처럼 마을이 굉장히 밝은 느낌이더군요."

이제는 텅 빈 마을임에도 마나는 아무도 살지 않는 평화롭고 아름다운 산의 그것처럼 맑고 깨끗했다.

'마치 누가 나쁜 기운을 모두 빨아들인 듯하군.'

사람 여럿이 나쁜 생각만 해도 주변의 마나는 악의로 물든다. 그리고 그 악의는 쉽게 사라지지 않는다.

사람이 죽은 흉가나 사건 사고가 많은 골목에 들어가면 섬뜩한 느낌이 드는 것도 이러한 이유 때문이다.

한데 수천 명이 넘는 사람이 죽었는데 어두운 기운을 찾아볼 수가 없었다.

마치 내가 매일 다녔던 언덕에 누워 하늘을 보는 기분이 느껴졌다. 아니, 오히려 그보다도 깔끔했다.

이제는 주인을 잃은 집으로 들어갔다.

약간의 먼지와 발자국이 있었다. 또한 집 안에 남겨진 약간의 감정이 느껴진다. 공포와 안타까움.

주검을 옮길 때 병사들이 남긴 감정의 찌꺼기가 아닐까 싶다.

"시체는 어떻게 했답니까?"

사건이 일어난 지도 20여 일이 넘었다.

"대부분은 불살라 땅에 묻었답니다. 백여 구는 혹시 몰라 프랭고 마탑에서 마법 처리를 해 보관 중입니다."

"확인해 봤습니까?"

"…네. 마치 모든 정기를 빼앗긴 듯 말라 죽어 있더군요. 특히 얼굴은… 끔찍했습니다. 죽기 전에 어땠는지를 보는 것만으로도 느낄 수 있을 만큼."

"좀 이따가 보죠. 그나저나 반항의 흔적이라든가 누군가가 집에 들어와 죽인 흔적은 없어 보이네요."

"갑작스럽게 죽은 것 같습니다. 일부 몇 집을 조사 팀을 위해 그대로 뒀는데 보시겠습니까?"

"시체를 그대로 둔 집이 있습니까?"

"저희가 왔을 땐 있었는데 지금은 치웠습니다. 하지만 다 기록을 해뒀습니다."

제이는 수정구를 꺼냈다. 그걸 받아 바로 재생을 시켰다.

영상 속 주검들은 갑자기 당했는지 주부는 부엌에, 아이들은 2층 방에, 남자는 1층 거실에 있었다.

뭔가에 당해 고통스러움에 몸부림치면서도 쓰러진 곳을 벗어나지 못하고 순식간에 죽음을 당한 것처럼 보였다.

네 곳의 집이었는데 모두 비슷하게 당한 모양새다.

다음 영상으로 넘기는데 지금까지완 달리 캠페인 걸을 찍은 영상이 나왔다.

"앗! 그, 그건……."

제이는 얼른 다가왔다. 그러나 수정구를 뺏어야 할지 아님 영상이 나가는 것을 막아야 할지 안절부절못했다.

"괜찮은 취미네요."

사람이 죽은 곳에서 계속 보기엔 조금 미안한 영상이었기에 바로 끈 후 제이에게 넘겼다.

"아직 훑어보려면 한참 남았으니 서두르죠."

집 밖으로 나온 나는 본격적으로 뭔가를 찾기 위해 마을 구석구석을 부지런히 뛰어다녔다.

병사 아보르가 봤다는 이상한 구름 애기와 사람들이 갑작스럽게 죽음을 맞이했다는 것에 특이한 마법진일 가능성을 염두에 두고 뒤져봤지만 마법진의 흔적은 어디에도 찾을 수가 없었다.

'마법진이 아닌 마법? 도대체 어떤 마법이기에 이런 방법으로 죽이는 게 가능하지? 그것도 아니라면 정말 천재지변인 건가?'

인간이 벌인 일이라면 나 역시 가능하지 않을까?

머릿속으로 일대의 수분을 어떤 식으로 뺏을 수 있는지를 그려봤다.

모래시계와 같은 공간을 만들어 아래쪽의 수증기를 빨아들이면 가능할 것 같았다.

그러나 그렇게 한다면 마을 주변의 나무와 집들도 무사하지 못할 것이 분명했다.

'쩝! 일단 시체를 보고 계속 생각해 봐야겠군.'

"마탑으로 가죠."

"헉헉! 마탑을 제일 먼저 볼 거라 생각했는데 제일 마지막에 보시는군요."

제이는 연신 하얀 김을 내뿜으며 쫓아왔다.

원뿔형으로 생긴 프랭고 마탑은 도우 마탑만큼 크지 않았지만 수백 명이 한꺼번에 지낼 만큼 컸다.

넓은 1층 로비로 들어가자 한쪽에 커다란 여러 개의 아이스 마법진과 함께 백여 개의 관이 놓여 있었다.

"이쪽이 마을 주민들이고 이쪽이 프랭고 마탑의 마법사들인 모양이군요."

죽어서도 관의 종류가 달랐다.

"네. 그리고 저 끝에 있는 것이 탑주인 프랭고 님의 관입니다."

한 개의 관만 특별한 관에 따로 놓여 있었다.

"그럼 볼까요."

투명 손을 이용해 일반인들 관 두 개, 마탑의 마법사 관 두 개, 프랭고의 관, 총 다섯 개를 내 앞으로 가져왔다.

그리고 일제히 뚜껑이 열렸다.

"…암흑 계열 마법이군요. 전 상관없는데 다른 선배들 앞에선 가급적 안 쓰는 게 좋을 것 같습니다."

제이는 왠지 꺼리듯이 말했다.

"왜요? 암흑 계열 마법에 호되게 당한 사람이라도 있습니까?"

"이유는 모르지만 윗대 분들이 싫어했습니다. 그 때문에 이유 없이 싫어하는 이들이 꽤 있습니다."

"그래요? 타칸 후작님은 별말이 없었는데."

"그분이야 싸우는 거 말곤 신경 쓰는 게 없으니까요."

희한하다는 생각이 들었지만 일단은 주검을 확인하는 게 우선이었다.

주검은 아까 영상으로 볼 때보다 더 끔찍했다. 손가락을 대면 부서질 만큼 말라 있었다. 그리고 제이의 말처럼 죽을 때 엄청난 고통을 당했는지 눈과 입을 최대한 벌린 채였다.

'응? 프랭고만 다르네.'

넷은 모두 비슷한 표정을 짓고 있는데 프랭고만은 덤덤한 눈을 감은 채 덤덤한 표정으로 죽어 있었다.

"미안합니다."

프랭고의 주검에 사과를 하고 그를 공중으로 띄웠다. 그리고 돌려가며 온몸을 구석구석 살폈다.

몸의 일부 중 파인 곳이 몇 군데 있었다.

'천재지변이 아냐. 프랭고는 죽임을 당한 후 요상한 수법에 의해 미라가 된 게 분명해.'

"혹시 근처에서 전투 흔적이 있었나요?"

"아뇨, 없었습니다. 마탑의 마법사들도 속절없이 당했는지 반항이나 싸움의 흔적은 없었습니다. 왜요? 뭔가 발견했습니까?"

"프랭고 님을 자세히 보시면 몇 군데 움푹 파인 곳이 있습니다."

"어! 정말 그렇군요. 이걸 왜 몰랐지. 잠시만 촬영을 해야겠습니다."

제이가 촬영을 한 후에 주검과 관을 제자리로 돌려놨다.

"여기 잠깐 계세요."

"어디 가시려고요?"

난 손가락으로 위를 가리킨 후 마탑에서 나왔다. 그리고 플라이트로 하늘로 올라갔다.

마탑의 꼭대기보다 더 올라가자 멀리 바다가 보였다.

병사 아보르의 말이 거짓인지 진실인지를 확인해 본 것이다.

난 검은색 구름이 있었을 것이라 생각되는 하늘을 빙글빙글 돌며 특별한 기운을 찾으려고 했다.

사람들의 죽음과 관련 있는 구름이 있었다면 분명 뭔가가 있을 것이라 생각했다.

하지만 마을처럼 깨끗했다.

'이런 완벽한 놈을 봤나. 웬만하면 조사를 하는 사람을 위해 한두 가지 단서를 남겨줘야 도리 아닌가.'

범인인지 범죄단인지 쓸데없이 완벽한 놈들에게 욕을 하면서 내려갈 때였다.

원뿔형 마탑의 꼭대기에 마땅히 있어야 할 것이 없음을 깨달았다.

피뢰침!

하늘 높이 또한 탑형이라 번개에 많이 맞을 수밖에 없는 마탑엔 피뢰침이 필수였다. 한데 그 피뢰침이 없었다.

꼭대기로 접근해 살폈다. 피뢰침이 사라진 자리에 마치 뭔가를 놓은 듯이 U 자 모양의 홈이 파여 있었다.

그리고 자세히 보니 모래처럼 수정 가루가 틈 사이에 끼어 있었다.

시선을 밑으로 내리자 손가락만 한 제이가 보였다.

"잠깐 빌릴게요."

"⋯⋯!"

그는 뭔가를 말하려는 듯했지만 들리지 않았다. 그의 품을 빠져나온 수정구는 빠르게 올라와 내 손에 쥐어졌다.

수정구를 홈에 놓았다.

수정구가 다소 작다는 느낌이 들었지만 딱 놓을 곳에 놓은 느낌이다.

작동을 시키니 하늘에 캠페인 걸이 나타난다.

"수정구의 쓰임을 하나 더 발견한 것 같은데⋯⋯. 역시 세상은 넓고 똑똑한 사람은 많다더니."

실험을 해봐야 명확해지겠지만 이번 사건이 어떤 식으로 이루어졌는지 대충 알 것 같았다.

"그나저나 이렇게 보니 더 좋네."

공중에 그려진 캠페인 걸은 날 향해 환하게 웃고 있었다.

수정, 크리스털.

같은 말이지만 의미는 조금 다르게 쓰이고 있었다.

수정은 수정구를, 크리스털은 수정구로 받아들인 화면 혹은 소리를 별도로 저장하는 저장 장치를 말한다.

드래곤에 의해 인간에 전해졌다고 알려진 수정구는 서로 얼굴을 보면서 얘기를 할 수 있고 일정한 시간만큼의 영상을 기록할 수 있는 장치다.

또한 기록해 둔 영상을 볼 수도 있다.

대화를 할 수 있는 수정구, 라디오용 수정구, 최근 팔고 있는 영상 저장용 수정구 등 모든 수정구는 나라가 엄격하게 관리하는 물건이다.

지난번 라디오를 제멋대로 만들었을 때 에리안이 질겁을 한 이유도 그 때문이었다.

즉, 생산할 물건이 있으면 나라에 허락을 받고 수정구를 공급받아야 했다.

이계의 물건과 굳이 비교하자면 통화와 영상 관련 기능과 프로젝트 기능이 포함된 화상 전화기 정도, 크리스털은 저장용 메모리 정도로 생각하면 될 것이다.

이게 지금까지 내가 가진 수정구에 대한 생각이었다.

한데 수정구에서 비춰진 마법진이 과연 작동할 수 있을까 없을까라는 새로운 화두가 던져진 것이다.

각설하고 트리즌 백작의 저택에 돌아온 나는 본격적인 테스트에 들어갔다.

가장 먼저 윈드 마법을 그리고 그것을 화면에 담았다. 그리고 천장에 비추어 보았다.

화면은 화면일 뿐이었다.

몇 번을 해도 마찬가지. 다른 방법을 생각해야 했다.

그러나 이미 만들어진 수정구로 뭔가를 시도해 보기엔 한계가 있었다.

'새로 만들어서 해봐야 하나?'

아무래도 손을 대지 않은 수정구를 이용해서 다시 해봐야 할 모양이었다.

똑똑!

"네, 들어오세요."

"…밤샜습니까?"

잔뜩 어질러진 방을 보고 물었다.

"생각해 볼 것이 있어서요. 수정구는 잘 썼습니다."

"뭔가 잘 안 풀렸나 봅니다?"

"추측하는 게 있는데 제가 생각해도 다소 황당한 일이라 쉽지 않네요."

"혹시 어떤 추측인지?"

"윤곽이 잡히면 말씀드리죠. 한데 무슨 일로 아침부터 오셨습니까?"

"아! 다름이 아니라 트리즌 백작님이 아침이나 같이하자고 하십니다."

"알겠습니다. 준비하고 내려가죠."

어제 현장에 다녀와서 인사를 하려고 했지만 새벽까지 마신 술로 잠을 잔다고 오늘로 미뤘었다.

마법으로 얼른 씻고 옷까지 갈아입은 후에 로비로 내려갔다.

*   *   *

해자를 그대로 둔 채 호수처럼 꾸며놓은 것을 보고 옛것을 좋아하고 예술을 아는 귀족이 아닐까 예상했는데 보기 좋게 틀렸다.

옛것을 좋아하는 건 맞지만 옛 관습과 귀족주의가 극에 달했을 때를 그리워해 지금도 그대로 행하고 있는, 요즘은 보기 드문 귀족이었다.

인사를 하러 갔는데 나른한 표정으로 척 하니 내미는 손을 보고 손목을 잘라 버리고 싶은 충동을 참느라고 힘들었다.

내려다보는 듯한 눈빛, 치렁치렁한 액세서리들, 진한 향수, 오래된 취향의 옷. 수백 년 전의 귀족이 세월을 넘어 부활한 느낌이다.

'예술과 염병은 종이 한 장 차이라더니…….'

멀리 떨어진 상석에 앉아 하녀가 넣어주는 음식을 오물거리면서 쳐다보는 꼬락서니하곤.

정말 다행스러운 건 음식 맛은 기가 막혔다.

음식 맛도 그저 그랬다면 벌써 체했거나 포크와 나이프를 던졌을 것이다.

"음식 맛이 괜찮은가 보군."

'너만 없었다면 쌍엄지를 척 올렸을 거야.'

"…나쁘진 않습니다."

"하긴 먹어봤어야 음식 맛도 알지."

말하는 싸가지하곤.

"근데 어제 사건 현장에 갔다고 들었는데 발견한 거라도 있나?"

"너무 깨끗하더군요."

"영지의 기사들과 마법사들이 열흘간 샅샅이 뒤졌음에도 찾지 못했는데 쉽게 찾진 못하겠지. 쩝!"

"백작님께서 허락한다면 여유를 가지고 조사를 해보고 싶습니다."

"그렇게 하게. 불편한 거 있음 집사장에게 얘기하면 될 거야. 쩝!"

쯧! 왜 자꾸 날 보고 입맛을 다셔.

설마 이미 한물간 남자 취향인 거냐?

귀족들은 한때 예쁜 남자를 옆에 두는 것이 유행이었던 적도 있었다.

파티를 열면 데리고 나가 어떤 귀족의 남자가 가장 예쁜지 자랑하는 것이 당연시되던 때였다.

'데리고 있는 여자들에게나 신경 써, 인간아.'

아무리 음식이 맛있어도 더 있는 건 곤욕이었다.

"대접 잘 받았습니다. 타칸 후작님께 보고를 해야 해서 이만 일어나야겠습니다."

"그렇게 하게. 한데 타칸 후작님은 내려온다는 말이 없나?"

"글쎄요. 현재 그분의 일을 대리하지만 생각까지 대리하는 건 아니라서. 그럼."

빌어먹을 자식! 동물이나 벌레를 내쫓듯이 손을 툭툭 털듯이 흔든다.

좀 더 먹지 못한 것을 아쉬워하는 팀원들이 있었지만 식당을 나올 때 구겨진 내 얼굴을 보곤 불만을 말하진 못했다.

막 저택을 나오려는데 기사 한 명이 뛰어오더니 마중 나온 집사장에게 말하는 것이 들렸다.

"부단장께선 어제 술 마시러 갔다가 들어오지 않았답니다."

"으이구! 전날 그렇게 술을 마시고 또 마시러 나간 거야? 그 양반 또 술 먹고 어딘가에 뻗은 모양이군."

"그런 것 같습니다."

"단장도 깜깜무소식인데 부단장까지 이러면 어쩌자는 건지.

백작님께 보고를 해둘 터이니 하론 경에게 일단 기사단을 맡으라고 해주게."

"알겠습니다."

영주가 개판이니 아랫사람들도 닮아가나 보다.

"아우스 경, 우린 오늘 뭘 해야 합니까?"

제이가 대표가 되어 물었다.

"마을 주변에서 싸움의 흔적을 찾아주세요. 전 따로 할 일이 있습니다."

"그거면 됩니까?"

"일단은요."

[그리고 제이 경은 조용히 해안 경비대의 아보르라는 병사를 찾아보십시오.]

[찾으면요?]

[저에게만 얘기해 주시면 됩니다.]

조사 팀원들에게 임무를 주고 난 수정을 사기 위해 텔레포트했다.

수정 광산은 왕실 혹은 황실의 소유로 관리된다. 그러나 광산 주변에 사는 이들이 가공하고 남은 작은 수정을 주워서 보석으로 가공해서 팔거나 하는 것까진 막지 않았다.

버려진 수정 조각들을 일일이 신경 쓸 이유도 없었고 그것으로 국민들이 먹고산다는데 국왕이 방해할 이유는 더더욱 없었다.

그렇게 의도된 방치에 생성된 것이 수정의 마을이다.

과거와 달리 버려진 수정뿐만 아니라 광산의 책임자들이 빼돌린 수정, 몰래 광산을 개발해 채취한 수정 따위가 유통되는 곳.

마법사들이 폭발적으로 늘어나면서 동시에 요 수십 년 동안 몇 배나 커진 수정의 마을은 최근 들어 분위기가 더욱 썰렁해졌다.

수정구의 쓰임새가 많아지자 방치해 뒀던 수정 시장을 국가가 통제력을 강화했기 때문이었다.

"젭! 망했네."

혼자 이것저것 만들 때 다니던 수정 판매 가게 앞에 '폐업'이라는 쪽지가 붙어 있었다. 뿐만 아니라 내가 들어선 골목의 절반 정도는 문을 닫은 상태였다.

"작은 수정구를 쓰는 프링크가의 라디오, 사진기, 거기에 저장용 크리스털까지 수정의 쓰임새가 많아지면서 수정 광산에서 나오는 물량이 정말 작은 것들밖에 없습니다. 그리고 가격은 둘째 치고 수도의 마법 지원처에서 연구 마법사들에게 수정을 무료로 지원함으로써 사실상 시장이 붕괴됐죠. 보석으로 만들어 파는 곳을 제외하곤 설령 수정이 있다고 해도 판매가 안 되니 문을 닫을 수밖에요."

열려 있는 가게들도 정리하거나 다른 업종으로 전환하려고 준비 중이었다.

"급해서 그러는데 구할 데가 없습니까?"

"사러 오는 사람이 없어서 돈이 안 되니 국가에서 수매를 한다고 했을 때 다 넘겨서 파는 곳도 이젠 없을 겁니다. 아 참! 정 필요하시면 보석 골목에 크리스 수정 가게에 가보세요. 3대째 하는 곳인데 저희 같은 가게들도 물건이 없을 때 급하면 거기서 구입할 때가 있었던 곳입니다."

"고맙습니다."

마법 지원처에 가서 등록을 하고 수정구를 받으면 하루 이틀이면 수정을 구할 수 있겠지만 지금 당장 필요했다.

'없으면 광산에 가서 빌려야지.'

수정 마을에서 구하지 못하면 광산에서 슬쩍 빌릴 생각이다.

'크리스 수정'이라 적힌 낡은 간판의 가게는 안으로 들어서자 구석구석에 오래된 흔적이 보였다.

낡고 오래됐지만 그것만으로도 인테리어가 되는 진열장과 유행이 지난 그림들, 오래된 마법 물품들.

가게는 오래됐지만 지키고 있는 사람은 젊은 청년이었다.

"어서 오세요, 기사님. 혹시 찾으시는 게 있습니까?"

"요만한 크기의 수정구를 만들 수정이 필요합니다."

"요즘 수정구라면 마법 지원처에 신고를 하면 하루 이틀 뒤부턴 웬만한 크기는 쉽게 구할 수 있습니다."

"당장 필요하기도 하고 수도까지 갔다 오기도 귀찮고 해서요. 좀 더 작아도 상관없어요."

"있긴 한데 가격은 80은 정도 합니다."

"주세요."

"동그랗게 만들어 드릴까요? 대신 작은 수정은 저희 것이 됩니다."

"그래주면 좋죠."

"잠시만 구경하면서 기다려 주십시오."

청년은 뒷문으로 들어갔다가 잠시 후 물에 젖은 수정을 들고 나와 보여줬다.

"이 정도인데 깎고 나면 기사님이 말한 정도는 될 겁니다. 시간은 15분쯤 걸릴 것 같습니다."

"그걸로 해주세요."

굳이 보여주지 않아도 되는데 참 꼼꼼한 사람이었다.

청년이 다시 안으로 들어간 후 얼마 되지 않아 윙, 하는 소리와 함께 수정 깎는 소리가 들렸다.

그동안 난 진열장을 보며 천천히 액세서리에 끼워놓은 수정들을 구경했다.

"응? 수정의 색깔이 이렇게 많았나?"

노랑, 파랑, 분홍, 빨강, 보라, 검정 등 다양한 색깔의 수정들이 제각각 뽐내고 있었다.

"신기하죠? 어떤 물질과 섞이느냐에 따라 색깔이 변하게 됩니다."

"그러네요. 수정으로 이것저것 만들면서도 이렇게 색깔이

다양한 줄은 처음 알았습니다."

"순수한 수정이 아니면 수정구로 만들어도 제대로 된 마법 수정구가 되지 않으니까요. 색깔 수정은 그냥 보기에 좋은 보석이죠."

"아하~"

수정에 대한 나의 반응이 좋아서인지 아님 혼자 가게를 지키다 보니 말할 사람이 없어서인지 청년의 수정에 대한 설명은 계속됐다.

"웬만한 수정은 임의로 다 만들 수 있습니다만 한 가지는 불가능합니다."

"예? 수정을 만들 수 있다고요?"

"네. 물에 넣어두면 성장합니다. 특히 광산에서 내려오는 물이면 더욱 잘 자라죠."

"아! 그럼 아까 저에게 보여준 수정도 혹시 키운 겁니까?"

"네. 할아버지 때부터 가게에서 사용되는 수정들은 다 키워서 만든 것들입니다."

"대단하군요. 근데 불가능한 색깔의 수정은 혹시 검은색 수정입니까?"

제일 양이 적은 것이 검은색 수정이었다.

"하하하! 기사님이시라 그런지 눈썰미가 좋으시네요. 사실 완전히 불가능한 건 아닙니다. 키울 수 있는데 다른 것과 달리 조건이 너무 어려워 결국 포기했습니다."

"3대에 걸친 가업이라고 들었는데 그래서인지 수정에 대한 사랑이 남다르군요."

"하하! 가업은요. 그냥 먹고살려고 하는 거죠. 근데 혹시 검은 수정을 뭐라고 부르는지 아세요?"

모른다는 대답 대신 고개를 갸웃거렸다.

"바로 의지의 수정이라고 부릅니다."

"의지의 수정이요?"

"저도 할아버지께 들은 건데 의지를 담을 수 있는 수정이라고 그렇게 부른다더군요."

의지를 담는다?!

머릿속에 느낌표가 파바박! 떴다.

"혹시 검은 수정을 구할 수 있습니까?"

"지금 전시된 것이 답니다."

눈동자만 한 크기 두 개와 나머진 보석으로 가공된 작은 것들이 다였다.

"현재 만들고 있는 수정구만 한 것은 구할 수 없을까요? 돈은 얼마가 들어도 상관없습니다."

"혹시 대륙을 샅샅이 뒤져보면 모를까, 거의 없을 겁니다. 웬만한 수정 광산에서는 거의 나지 않고 뮤트 제국 토론벤 산 근처의 수정 광산에서 손가락만 한 것이 간간히 나올 뿐입니다."

"아까 키울 수 있다고 했잖습니까?"

"…그건 그냥 못 들은 걸로 하십시오. 혹여 알려 드린다 해도 약간 키울 수 있긴 하지만 원하는 만큼 키우려면 적어도 수십 년은 족히 키워야 할 겁니다."

다시 부탁을 하기보단 지갑에서 금화 두 개를 꺼내 청년 앞에 놨다.

"…웬만하면 말씀드리는데……."

타닥!

두 개를 더 꺼냈다.

"…공동묘지나 전투가 벌어진 곳처럼 피를 잔뜩 머금은 땅에서 흐르는 물에 담그면 검은 수정을 만들 수 있습니다. 하지만 그런 물을 구하기도 힘들뿐더러 그렇다고 해도 좀 전에 말했듯이 정말 천천히 자랍니다."

"그 정도 정보면 충분합니다. 여기 있는 두 개의 검은 수정도 제가 사죠."

"지금 주신 걸로 충분합니다. 지금 만들고 있는 수정과 함께 그냥 드리겠습니다. 대신 키우는 방법에 대해 저희가 말했다는 건 비밀로 해주십시오."

청년은 검은 수정을 키우려고 한 일이 마음에 걸렸는지 몇 번이고 비밀을 지켜달라고 했다.

그러겠노라고 말하고 나온 내 손엔 검은색 수정뿐만 아니라 갖가지 색깔의 수정이 들려 있었다.

이왕 실험하는 거 모든 색깔을 다 해볼 생각이었다.

아직 이른 시간이기에 트리즌 백작의 성으로 가지 않고 수정 마을에서 간단히 점심을 먹고 방을 하나 빌린 후, 그곳에서 바로 실험에 들어갔다.

수정구를 마법 수정구로 만드는 데는 상당히 복잡한 과정을 거친다.

크게 ID 영역과 송수신 영역, 렌즈 영역, 재생 영역, 저장 영역이 있다. 그리고 영역을 나누고 영역에 맞는 마법진을 마나로 그려 넣는 건 기존의 마법진과는 전혀 다른 방식이었다.

마나의 흐름으로 마법진을 파악하는 능력이 없었다면 절대 알아내지 못했을 것이다.

통신용 수정구의 경우 이 다섯 부분을 가지고 있고 ID가 같은 수정구끼리 통신이 가능하다.

라디오의 경우 고정된 ID에 수신 영역만 있으면 되므로 수정구를 최소화할 수 있었다.

백지 상태인 수정구를 난 사진기 형태로 만들었다.

한 장면을 저장하고 공중에 쏘는 기능만 있으면 됐기에 30분도 걸리지 않았다.

이번에는 활성화된 마법진을 찍어 천장에 마법진이 맺히도록 했다.

실패. 수정구만 버렸다.

한번 영역을 나눈 수정구는 더 이상 다른 것으로 변형해서 쓸 수가 없었다.

동그란 색색의 수정구들 차례. 한데 깨끗한 반투명 수정구와 달리 영역을 만들 수가 없거나 만들어져도 작동이 불완전했다.

왜 드래곤이 반투명한 수정구를 이용해 수정구 마법을 남겼는지 알 것 같았다.

"이제 검은색만 남았네."

사실 맨 마지막에 남겨둔 이유는 너무 작아 과연 사용이 가능할까라는 생각 때문이었다.

약간 긴장하는 마음으로 검은색 수정구를 잡았다.

마나를 집어넣어 일단 영역을 나눌 공간이 있는지를 확인했다.

'어라? 이건 달라.'

영역을 나누고 마법을 새길 공간 자체가 없다. 그저 안으로 밀어 넣은 마나가 검은 공간에 흘러 다니는 느낌이다.

'의지의 수정이라는 단어가 힌트인가?'

마나에 대한 의지라면 남부럽지 않았다.

검은 공간의 크기를 가늠해 흐르고 있는 마나로 윈드 커터 마법진을 생각했다.

'과연 될까?'

조금 전에 언급했듯이 수정구에 쓰이는 마법진은 룬어 체계가 달랐다. 즉, 수정구와 관련된 건 이미 파악해서 쓸 수 있었지만 수정구의 룬어 체계로 파이어를 만드는 것도 불가능했다.

한데 검은색 수정엔 의지로 그리는 것이었기에 굳이 사진을 찍어 그걸 하늘에 비출 필요는 없다고 생각한 것이다.

두근거리는 마음으로 바닥에 놓았다.

그런데 작동을 시키려다 보니 빠뜨린 게 있었다.

"아! 재생 영역이 없구나."

그저 안에다가 윈드 커터만 새겨둔 것이다.

"이것도 의지로 되려나?"

수정구를 살짝 만지며 화면이 나오길 바랐다.

그 순간 천장에 윈드 커터 마법진이 비춰졌다. 그리고 윈드 커터가 생성되더니 좌측 벽을 때렸다.

휘익! 퍽! 휘익! 퍽!

윈드 커터는 연속으로 계속 생성됐다.

벽이 점점 깊게 파이는 것을 보며 중얼거렸다.

"일단은 범인에게 조금 다가간 것 같은데……."

한발 다가섰지만 어떤 마법인지, 과연 무슨 목적으로 그런 마법을 썼는지 의문은 더욱 많아졌다.

퍼억!

결국 벽을 뚫었다.

"허억! …뭐, 뭐야! 어떤 놈이 감히 수정 마을의 밤의 제왕인 나, 리마 님을 급습하려고 하는 것이냐!"

옆방에서 놀라는 소리에 이어 고래고래 고함치는 소리가

들리자 정신을 차리고 검은 수정을 멈추게 했다. 그리고 얼른 물건을 챙겨 텔레포트했다.

귀찮은 일은 질색이었다.

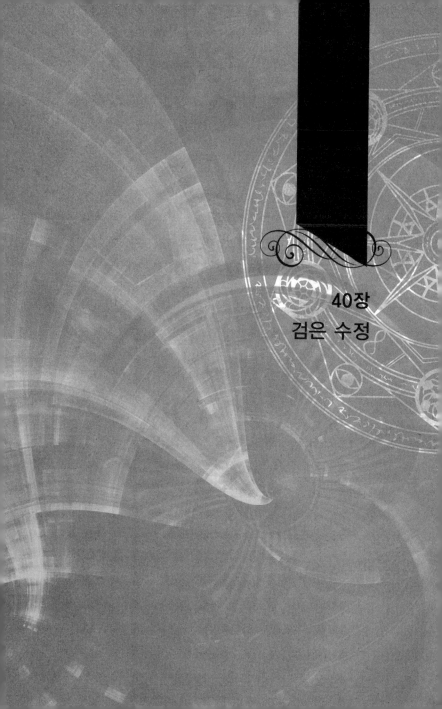

40장
검은 수정

타칸 후작은 자신 대신 일을 보낸 아우스의 연락이 오자 수정구를 작동시켰다.

―간단한 일이라면서요?

얼굴이 보이자마자 따지듯이 물어왔다.

―수천 명이 원인도 알 수 없이 미라가 되어 죽었는데 이게 간단한 일입니까?

"험! 나도 네가 떠난 후에야 사건에 대한 정확한 브리핑을 받았다."

당장 달려올 기세라 얼른 핑계를 댔다.

사실 이미 사건에 대해 알고 있었다. 그러나 왕국의 일이

급하기도 했고 귀찮기도 해서 미룬 것이다.

—그 거짓말 진짭니까?

"핫핫! 내가 너한테 거짓말해서 얻는 게 뭐가 있다고 하겠느냐."

—일단 귀찮음은 덜 수 있죠.

정확히 찔러왔지만 80년 삶을 공으로 산 것은 아니었다. 얼른 화제를 돌렸다.

"잠시 후, 폐하와 국가 안보 회의에 들어가야 한다. 무슨 용건이냐."

—좋은 핑곗거리가 있었군요.

"핑계는 무슨. 자, 봐라!"

타칸 후작은 수정구를 돌리며 일부러 옆에 있는 슈린 백작을 비췄다.

다행히 통한 모양이다.

—…아무튼 나중에 얘기하죠. 다름이 아니라 죽은 이들은 아무래도 마나를 모두 빨린 것 같습니다. 혹시 마나를 빨아들이는 마법진이 있나 알아봐 주시겠습니까? 아! 이왕이면 빨아들인 마법진으로 할 수 있는 일도요.

"인간의 모든 마나를 빨아들이는 마법진? 그렇게 모은 마나로 할 수 있는 일?"

—네. 후작님은 도우 마탑의 출신이니 알 수 있지 않을까 싶어서요.

"글쎄다. 뭘 발견한 게냐?"

─검은 수… 아닙니다. 아직까진 추측일 뿐입니다.

"큰일이구나. 만일 그런 마법진이 있다면 다른 도시도 위험하다는 소리 아니냐?"

─확실한 건 아니지만 마구 남발할 수 있는 건 아닌 것 같습니다. 아무튼 도우 마탑에 비슷한 마법진이 있는지 알아서 연락을 주십시오.

"그렇게 하지. 수고하게."

담담하게 연결을 끊은 타칸 후작의 표정은 상당히 심각하게 바뀌었다.

통화 중엔 내색을 하진 않았지만 방금 아우스의 언급에 애써 묻어두고 잊고 있었던 도우 마탑의 과거가 떠올랐기 때문이다.

"정말 무섭도록 똑똑한 아이군요. 아무것도 모른 채 내려가서 사흘 만에 거의 사건의 핵심에 다가갈 줄이야. 조금 전에 검은 수정을 말하려다가 말았죠?"

슈린 백작의 말에 타칸 후작은 무겁게 고개를 끄덕였다.

"한데 정말 이번 일… 그들의 짓일까요?"

슈린 백작이 언급한 '그들'은 도우 마탑의 금지어나 다름없었다.

워낙 오래전의 일이고 탑에서 그들에 대해 알고 있는 이들도 소수에 불과하지만 여전히 도우 마탑으로선 뼈아픈 과거였다.

"모르지. 아니, 아니길 바라. 하지만……."

이번 사건이 일어나고 가장 먼저 머릿속에서 떠오른 이들이 '그들'이었다.

다시 부정을 하려 해봤지만 답은 정해진 듯 머릿속을 떠나지 않았다.

피트의 마법 중 어둠의 마법이라고 분류해 둔 것들을 가지고 떠난 그들.

거기엔 사람들의 마나를 이용해 마나의 양을 늘리는 마법도 있었고 검은 수정의 쓰임도 있었다.

물론 어둠의 마법이라고 분류를 했을 뿐이고 어떤 마음으로 이용하느냐에 따라 달라지는 것이지 결코 나쁜 것은 아니었다.

현재의 도우 마탑의 마탑주인 론과 타칸, 심지어 슈린도 어둠의 마법을 통해 8서클에 이르렀다고 봐도 과언이 아니었다.

"대체 목적이 뭘까요?"

"글쎄, 뭔가를 실험한 건지 아님 그냥 우리에 대한 복수인지……."

말을 하는 타칸 후작의 머릿속은 거의 잊었다고 생각했던 과거의 기억이 다시 선명하게 떠올랐다.

타칸 후작은 마법 열풍이 본격적으로 시작될 때 부모의 손에 이끌려 도우 마탑에 처음 발을 들였다.

마탑 중에 가장 이름난 곳이었기에 그와 같은 시기에 들어온 아이들은 서로 다 알 수 없을 만큼 많았다.

그저 배움의 터라고 생각했던 곳이 조금 이상하다고 느낀 건 마법의 재능을 있음을 평가를 받고 우열반으로 나뉘고부터였다.

같은 시기에 들어와 함께 공부하던 친구는 열반이 되었는데 1서클이 되었다고 좋아하던 그 아이가 나중에 마법을 잃었다며 울면서 다시 집으로 돌려보내진 것을 본 것이다.

같은 일은 반복됐다.

가난한데 어정쩡한 능력을 가진 아이들은 대부분 그런 식으로 집으로 돌려보내졌다.

나중에야 마법진을 통해 빼앗은 마나를 능력 있는 아이들에게 나눠줬다는 것을, 그 일에 찬성하는 이들과 반대하는 이들이 있음을 알게 되었다.

찬성파와 반대파의 골은 깊어졌고 결국 싸움으로까지 번졌다.

아이러니하게도 혜택을 받아 서클이 높아진 마법사가 붙은 반대파가 승리했다.

그러나 반대파는 모질지 못했다. 함께 동문수학하던 찬성파를 죽이지 못했고 그에 찬성파는 피트의 마법 중 어둠의 마법을 훔쳐 사라져 버렸다.

프랭고 역시 그때 함께 반대파에 서서 몰아내는 데 일조했던 이였다.

"각국에서 발견되는 그들의 흔적과 이번 일을 볼 때 예삿일이 아닌 건 분명해요. 알아봐야겠어요."

"하필 전쟁의 기운이 심각하게 일어나는 이때 이런 일이 터지다니, 쩝!"

아우스에게 농담식으로 말했지만 현재 대륙은 일촉즉발의 분위기였다.

각국의 외교관들이 돌며 평화를 위해 노력하고 있지만 100년간 전쟁다운 전쟁이 없었기에 전 대륙이 힘을 주체를 하지 못하고 있었다.

"일단 막는 데까진 막아봐야죠."

"고생해 줘. 준비는 해야겠지만 일어나지 않는 게 가장 좋은 일이니까."

"그래야죠. 한데 아우스 그 아이 혹시 '그들' 소속은 아닐까요?"

암흑 계열 마법을 너무나 잘 쓰고, 나이답지 않게 강하고, 아는 것이 많은 그를 보고 타칸 후작 역시 의심했던 일이었다.

그래서 대련을 빙자하여 그의 실력을 끄집어내 파악하려 했던 것이다.

"전혀."

그러나 엔트와 에리안에게 그의 성장 과정 일부를 듣게 된 후 의심을 지웠다.

"오히려 우린 그 아이를 잡도록 노력해야 할 거야. 어쩌면 우린 피트 이후로 최초의 9서클을 그 아이를 통해 보게 될지도 몰라."

"…사조님, 사백인 후작님도 아직 못 이루신 일인데 설마요."

"피트도 20대에 9서클에 이룩했어."

"그는 마지막 남은 드래곤이었다니까요. 그가 남긴 것들을 생각해 봐요. 게다가 알 수 없는 언어로 기록된 책까지. 그는 절대 드래곤이었어요."

"쯧! 어째 넌 수십 년이 지나도 그 얘기냐."

"제 말이 맞으니까요. 참! 아우스 그 아이에게 그런 마법진이 있음을 알려줄 거예요?"

"아니. 탑의 치부를 밝힐 필요는 없지."

"그 아이를 잡아야 한다면서요. 화내면 어쩌려고요."

"모른다는데 지가 어쩌겠어. 사건 마무리 짓고 오면 탑의 도서관을 한번 보여주면 되겠지. 나 사부님 뵙고 올 테니 혹시 급한 일 있으면 연락해."

"네, 후작님."

자신보다 더 아파하겠지만 이번 사건에 대해 스승인 탑주도 알아야 했다.

*   *   *

마나는 기(氣)다.

모든 존재가 가지고 있고 어디에나 존재한다.

마법에 이용되고, 검술에 이용된다. 왕성하면 건강하고 부족하면 허약해진다. 어떤 마음을 먹느냐에 따라 때론 살기로, 때론 온기, 때론 선의로, 때론 악의로, 기쁨과 슬픔, 희망과 절망, 환호와 탄식 등으로 나타난다.

재미있게 이번 사건을 조사하고 알아가면서 마나에 대한 새로운 고찰의 계기가 되었다.

내 의지에 따라 움직이고 내 의지를 반영하는 마나.

지금까지 난 마나에 대해 일부만 알고 있었다.

이런 생각의 변화는 사건에 다시 한 발짝 다가서는 계기가 되었다.

마나 집접진, 마나 흡입부, 이러한 것들이 과연 순수한 에너지원인 마나만 모을 수 있을까라는 의문.

룬어에 마나를 뜻하는 단어가 에너지원인 마나만 뜻할까라는 의문.

명확한 의문을 던지니 답을 찾을 수 있었다.

슬픔의 마나를, 공포의 마나를, 환호의 마나를 흡수할 수 있는 마나 집접진을 그릴 수 있게 되었다.

기존의 마나를 모으는 마법진과 크게 달라진 건 없다. 그저 마나를 뜻하는 룬어를 모으길 원하는 단어―가령 '슬픔의', '공포의' 따위―를 붙이고 마나라는 룬어를 살짝 비트는 것만으로도 충분했다.

또 한 가지, 검은색 수정이 의지의 수정이라는 것 외에 쓰면 쓸수록 검은색이 옅어지고 악의의 마나를 모으면 짙어진다는 사실도 알게 되었다.

키익~ 케엑!

검은 수정이 작아 마나 집접진을 외부에 그리고 저장부에 검은색 수정을 끼운 마법진 위에 놓인 이름 모를 새는 공포에 절어 묵빛 마나를 토해내며 서서히 말라죽고 있다.

나무판에 그려 띄워둔 환상 마법진이 녀석에게 극한의 공포를 보여주고 아래 집접진이 그 공포를 먹어치우고 있는 것이다.

새는 곧 비명도 지르지 못하고 마지막 묵빛 마나를 토해내고 죽었다.

"이, 이게 뭡니까? 이건 마치……!"

제이가 다가오다가 죽은 새의 형태를 보고 화들짝 놀라 소리쳤다.

"간단한 테스트요."

'진짜 검은색은 바로 나야!'라고 말하는 듯한 검은 수정을 챙기고 바닥을 뒤집어 희생해 준 새를 묻어줬다.

"…마을 사람들이 죽은 원인을 찾은 겁니까?"

"대충요."

"대충이 아닌데요. 죽은 사람들과 똑같잖습니까!"

"목적을 아직 못 알아냈으니까요. 한데 알아보라고 한 건 어떻게 됐습니까?"

"…경비대엔 없었습니다. 벌써 열흘이 넘게 나오지 않았답니다. 숨어버렸는지 죽었는지. 중요한 사람이라면 차라리 공개적으로 찾아보는 것이……."

"안 됩니다. 저도 이제부턴 할 일이 없으니 알아보도록 하죠. 그리고 방금 본 건 비밀입니다."

"그러겠습니다."

"참! 싸운 곳을 찾는 건 어떻게 되고 있답니까?"

"막연하게 뒤지는 것이라 쉽지 않은 모양입니다."

"그럼 계속 수고해 달라고 해주세요."

"어디 가십니까?"

"아보르 찾으러 갑니다."

밝히든 못 밝히든 얼른 결론을 내는 것이 좋았다.

아보르에 대해 들었던 술집에 자리를 잡고 앉았다.

딱히 이곳에서 아보르에 대해 다시 들을 거라 생각해서 온 건 아니다. 그저 보리주가 맛있어서 왔다.

술잔을 기울이며 감각을 넓혔다.

―크하하! 모두들 술값 걱정들 말고 실컷 마셔! 오늘 바다에서 죽어 있는 바다 몬스터를 주웠거든! 자그마치 100금에 팔렸어.

―젠장! 미셸이랑 오늘 헤어졌어. 내가 싫어졌대.

—아웅! 아앙~ 모린, 더! 더!!

주변의 모든 소리와 그들이 뭘 하는지가 느껴진다.

다양한 감정과 느낌이 마치 내가 하듯이 느껴져 괴롭다. 그러나 베른의 과거를 살펴볼 때와 비교해 보면 싱거울 정도다.

계속 확장해 나갔다. 그리고 마침내 잡아냈다.

—아보르, 점심과 저녁이야.

—고마워. 수고도 오늘이 끝이네.

—떠나려고?

—웅. 내일 아침 일찍 수도로 떠날 거야. 너도 가족들이랑 한시라도 빨리 이곳을 떠나. 여긴 언제 프랭고처럼 될지 몰라.

—도대체 뭘 본 거야?

—알려고 하지 마. 네가 다쳐. 이만 가. 은혜는 잊지 않을게.

—은혜는 무슨. 무사해라.

음식을 건넨 남자가 떠나는 것이 느껴지고 아보르가 점심을 먹는 게 느껴졌다.

밥 먹을 때 찾아가는 건 예의가 아닌 것 같아 술과 안주를 비웠다.

"잘 먹었습니다."

계산을 하고 밖으로 나온 나는 아보르가 있는 곳으로 이동했다.

"헉! …웬 놈이냐!"

훈련이 꽤 잘된 병사였다. 이동을 하자마자 바로 창을 들고 찔러왔다. 그러나 기사도 아닌 병사에게 당할 만큼 약하지 않다.

두 개의 투명 손을 이용해 움직이지 못하도록 잡고 입을 막았다.

"해치러 온 것이 아닙니다. 실력만 봐도 알겠죠? 그저 몇 가지 물어보러 왔고, 묻고 난 후엔 원하는 곳으로 당장에 보내 줄 수도 있어요. 대답이 만족스러우면 수도에서 한동안 지낼 돈도 주고 직장도 소개시켜 줄 수 있습니다. 얘기할 준비가 되면 고개를 끄덕이세요."

그는 어떻게 해야 할지 고민을 하는지 눈을 굴리다가 어찌할 수 없다고 생각한 듯 고개를 끄덕인다.

풀어준 후 물었다.

"우연히 당신이 프랭고 마을에서 사고가 나는 날 마탑 위에 검은 구름을 봤다고 들었는데 사실입니까?"

"…그렇습니다."

"그걸 봤다고 출근도 하지 않고 도망갈 이유가 없을 텐데 혹시 다른 걸 본 것이 있습니까?"

"…정말 살려줄 겁니까?"

"난 도우 마탑의 부탁으로 수도에서 왔습니다. 당신을 해코지할 이유가 없어요."

그는 내 말을 믿는 눈치가 아니다. 그러나 아보르는 선택의 여지가 없었다.

"반드시 약속을 지켜주시기 바랍니다."

다시 한 번 부탁을 한 그는 본격적으로 입을 열었다.

"순찰 중에 구름을 본 저는 배에서 내려 프랭고 마을로 갔습니다. 순수한 호기심이었죠. 마을에 이르기 전 구름이 사라지더군요. 그래서 돌아갈까 했는데 온 것이 아까워 계속 안으로 들어갔습니다. 그리고 말라비틀어진 시체를 발견했죠."

아보르는 그날 일이 떠오르는지 얘기를 하면서도 목소리가 떨려 나왔다.

"무슨 일이 일어났다는 걸 직감했죠. 시체는 갈수록 많아지고, 이성은 돌아가라고 지랄을 하는데 망할 호기심은 몸을 나아가게 만들더군요."

떨림을 없애려는 듯 말을 거칠게 했다.

"그러다 봤습니다."

"뭘요?"

"하늘에 두 사람이 떠 있었는데 한 사람은 익히 알고 있던 프랭고 마도사님이었습니다. 그는 축 처진 채 보았던 시체처럼 점점 말라가고 있었습니다."

"7서클인 프랭고 마탑주가 제대로 싸워보지도 못하고 당했다? 그럼 상대가 8서클 정도는 되었다는 소린데 얼굴은 봤습니까?"

분명 마을엔 싸운 흔적이 없었다. 그 말은 프랭고가 일방적으로 당했단 얘기였다.

"…네, 처음엔 얼굴이 새까매서 누군지 몰랐습니다. 한데 프랭고 마탑주를 미라처럼 만든 후 하얘질 때 확인했습니다."

"혹시 아는 얼굴이었습니까?"

동료와 나눴던 얘기와 지금 말하는 투를 보니 범인을 왠지 알고 있는 듯한 느낌이었다.

그는 고개를 끄덕인 후 조심스럽게 한 사람의 이름을 말했다.

"트리즌 백작님이셨습니다."

약간 놀랍긴 했지만 그보다는 의문이 우선 떠올랐다.

"트리즌 백작이라니, 의외이긴 한데 어찌 살아남은 겁니까? 7서클만 되어도 시야 범위의 사람은 절대 놓치지 않아요."

"그건 저도 모르겠습니다. 다만 프랭고 마도사를 죽인 후 공중에서 몸을 움츠리고 있을 때 도망 나왔습니다. 저도 당연히 죽을 줄 알았는데 다행히 쫓지 않더라고요."

"그럼 왜 며칠 나오다가 갑자기 안 나온 겁니까?"

"그건… 솔직히 그 당시 집으로 돌아가 생각해 보니 이상한 점이 몇 가지 있었습니다. 그래서 혹시 꿈을 꾼 게 아닐까 해서 나간 겁니다."

거짓말을 하는 것 같진 않았다.

"이상한 점요?"

"네. 백작님은 6서클이었습니다."

"숨겼을 수도 있죠."

"그럴 수도 있지만 그런 걸 숨기던 분이 아니었습니다. 아마 영지 내 웬만한 주민들도 다 알걸요. 한데 며칠 기사님들의 말과 시종들의 말을 주의 깊게 들어본 결과, 현재 백작님은 절대 예전의 백작님이 아니라는 걸 알게 됐죠. 7서클인 기사단장님이 사라진 것 또한 수상하고요. 아무튼 그래서 떠날 생각을 하고 출근도 하지 않고 떠날 때까지 숨어 있었던 겁니다."

백작이 바뀌었다? 아님 원래 음흉한 사람이라 본래의 자신의 모습을 숨기고 있었다?

아무튼 확실히 알아볼 필요가 있어 보였다.

"끝입니까?"

"네. 제가 아는 전부입니다. 더는 말씀드릴 것이 없습니다."

"덕분에 좋은 정보를 알았습니다. 약속대로 원하는 데로 보내주죠. 수도로 갈 겁니까?"

"네네! 보내만 주신다면."

"텔레포트 탑 근처로 보내줄 테니 다른 곳으로 가든지 거기 머물든지 알아서 해요. 자, 그리고 이건 약속했던 여비."

금화를 한 움큼 집어줬다. 한동안 지내기엔 불편함은 없을 것이다.

"가, 감사합니다."

텔레포트 마법을 그의 주변에 펼쳤다.

아보르는 혹시 절벽 같은 곳으로 보낼까 걱정되는 얼굴을 하고 있었다.

어차피 몇 초 후면 알 일이었기에 굳이 그를 안심시키진 않았다.

스팟!

빛과 함께 아보르가 사라졌다.

"이제 트리즌 백작에 대해 알아볼까."

근처 음식점에 가 식사를 하면서 알아보면 될 것 같았기에 허름한 창고를 나왔다.

＊　　　　＊　　　　＊

술자리에서, 식탁에서 트리즌 백작은 안주가 되고 반찬이 되는 사람이었다.

영지민들 중 칭찬보다 불평불만을 표하고, 존경보단 지탄하는 이가 더 많았다.

'꽤 괜찮은 귀족인데······.'

트리즌 백작을 다시 봤다. 물론 긍정적인 측면으로.

무서운 백작이었다면 생살여탈권을―없어졌다고 하지만 마음만 먹으면 몇 명쯤은 여전히 문제가 없다―가진 그에 대해 일언반구도 하지 못했을 것이다.

'근데 내 눈에는 전혀 그렇게 보이지 않았단 말이지.'

사람들의 수군거림으로 알아본 바에 따르면 아보르가 말한 백작이 바뀐 게 아닐까라는 추측이 설득력 있었다.

그러나 백작이 영지민을 아예 무시해서 그럴 수도 있었고,

자신의 본모습을 숨기고 있어서 그럴 수도 있었기에 섣부른 판단은 금물이었다.

원래 그런 놈이다. 뭔가 바뀌었다.

무게가 자꾸 후자 쪽으로 기울었지만 일단은 최대한 객관적으로 살펴볼 생각이다.

성으로 돌아가는데 성문 도개교 앞에서 제이가 서성이고 있었다.

"무슨 일입니까?"

"아! 아우스 경! 다름이 아니라 마론 사숙이 없어졌습니다."

"언제요?"

물으면서 감각을 확장했다. 성에 백작이 있는지 확인하기 위함이다.

백작은 있었다.

"아우스 경이 명한 싸움 장소를 찾기 위해 흩어져서 찾았다는데 돌아오지 않았답니다."

고서클의 기사들이 사라지는 것과 백작의 손에서 프랭고 마도사가 말라죽었다는 얘기가 묘하게 같이 떠오른다.

"다른 사람들은 뭘 하고 있습니까?"

"지금 찾고 있습니다."

"연락이 가능하면 일단 모두 들어오라고 해주세요."

"무슨 방법이라도?"

"없습니다. 괜히 추가적인 실종자가 발생할 수 있으니 얼른 들어오라고 하세요."

길을 잃거나 술 한잔하고 있다면 내일이라도 돌아올 것이고 일을 당했다면 피해를 줄이는 것이 나았다.

제이가 꺼낸 건 중간 크기의 수정구였다. 그리고 마나를 집어넣자 순서대로 몇 가지 색깔의 빛을 냈다.

"아! 이거 혹시 공명 장치입니까?"

"네. 나올 때 신호를 맞춰서 가지고 온 겁니다."

수정구의 신호를 잡을 수 있지 않을까 싶었다.

"신호를 계속 보내주세요."

"네? 아, 네!"

수정구의 신호 속도는 텔레포트가 실행되는 순간만큼 빨랐다.

눈을 깜빡하는 순간보다 빠르게 사라지는 마나의 신호를 잡아내는 건 아무리 8서클이라고 해도 쉬운 게 아니었다.

신호를 잡았다고 생각하는 순간 이미 놓쳐 버린다.

'생각으로 잡으면 안 돼. 느껴야 해!'

감각만이 신호의 속도를 잡을 수 있음을 본능적으로 깨달았다.

눈을 감고 오롯이 신호에 집중했다.

다섯 개의 신호가 지속적으로 보내지고 있음이 느껴졌다. 그리고 신기하게도 잠시 후 신호가 도달하는 곳이 느껴졌다.

'셋은 움직이고 둘은 멈춰 있어.'

막연하게 느껴지던 다섯 곳의 상황이 점점 머릿속에 그려졌다.

"혹시 마탑에 동일한 수정구가 있습니까?"

감각을 유지한 채 제이에게 물었다.

"…네. 어떻게 아셨습니까?"

"능력이라고 해두죠. 저랑 같이 갈 데가 있습니다."

"어디를요?"

"마론 마법사가 있는 곳."

제이를 끌어당긴 후 텔레포트로 움직이지 않는 수정구가 있는 숲으로 이동했다.

어두웠기에 라이트 마법을 몇 개 띄웠다.

"여기에 마론 님이 계신다고요?"

"수정구는 제이 경의 발밑에 있습니다."

"헉! 그러고 보니 바닥을 누군가가 뒤집은 흔적이 있군요."

투명 손을 땅 사면에 박고 들어 올렸다.

"아! …마론 님."

투명 손 손가락 사이로 흙이 빠지며 허리 부분이 금방이라도 떨어져 나갈 듯이 덜렁거리는 시체가 나왔다.

"이, 이게… 도대체 누구 짓입니까?"

"이제부터 알아봐야죠."

피해를 줄이기 위해서라도 서두르는 것이 좋을 것 같았다.

"백작님이 술자리를 마련했습니다."

일부러 떠보기 위함인지 본래 생각이 없는 건지 트리즌 백작은 마론의 실종으로 분위기가 침체되어 있는 곳에 집사를 보냈다.

마론의 죽음은 일단 제이와 나만 알고 있기로 했다.

"지금 분위기가……."

조사 팀 중 한 명이 버럭 소리치려는 것을 막고 얼른 말했다.

"거절하는 것도 예의가 아니죠. 다른 사람들은 갈 분위기가 아닌 것 같으니 저 혼자 가겠습니다."

"그럼 건물 입구에서 기다리고 있겠습니다."

집사가 나가고 옷매무새를 가다듬자 제이를 제외한 세 사람의 표정이 좋지 않다.

굳이 변명을 하지 않고 다녀오겠다는 말을 하곤 로비로 내려갔다.

집사는 따라오라는 듯 살짝 고개를 숙인 다음 앞장서서 걸어갔다.

"어서 오게. 한데 어째 자네뿐인가?"

파티장으로 변한 저택 로비에서 변함없이 건방진 태도의 트리즌 백작이 맞이했다.

이미 기사단과 그 부인들이 술을 마시며 얘기를 나누고 있었다. 워낙 뒤숭숭한 분위기 때문인지 웃거나 떠들썩하진 않았다.

"조사 팀의 마론 경이 아직 복귀를 하지 않고 있어서 저만 참석했습니다."

"쯧! 저런. 기사단장과 부단장도 현재 실종 중인데 해괴한 일도 다 있군. 아무래도 내일부터 대대적인 조사를 해야 할 모양이야."

이상하다고 말하면서도 파티를 그만둘 생각은 없는 모양이었다.

"근데 사건에 대해 부지런히 조사를 하고 다닌다는데 뭔가 발견하기라도 했나?"

'어디 한번 미끼를 던져봐?'

느끼한 눈빛은 여전히 기분 나빴다. 그러나 어차피 백작을 보고 판단하기 위해 참석한 파티였다.

"이상한 소문이 있어 조사 중이었습니다."

"어떤?"

"프랭고 마을에서 사고가 일어난 날 범인을 목격했다는 이가 있답니다."

"그래? 그런 자가 있었단 말인가?"

뭔가 이상한 변화가 있을까 유심히 살폈지만 조금의 변화도 없이 되물었다.

"그래서 조사를 했고 결국 그자와 연락이 닿았습니다. 두려움에 만나지 않겠다고 해서 설득하느라 애 좀 먹었습니다."

"만나봤나?"

"아뇨. 조심성이 많은지 내일 낮에 조용한 곳에서 만나기로 했습니다."

"부디 거짓이 아니었으면 좋겠군."

"저 역시 그랬으면 합니다. 그래야 사건이 마무리되지 않겠습니까."

"그렇지. 한데 타칸 후작님은 안 내려오시는 건가?"

그는 내 말에 별 관심이 없는 듯 화제를 돌렸다.

"내일 만나는 자가 돈을 노리고 거짓말을 한 거라면 미궁에 빠지는 것이니 내려오지 않겠습니까."

타칸 후작에게 꽤 관심이 많은 모양이다.

"목격자가 거짓이 아니길 바라면서도 한편으로 타칸 후작님을 뵙고 싶군. 하하! 즐겁게 마시게. 난 피곤하니 앉아야겠네."

트리즌 백작은 더 이상 할 말이 없는지 자신의 전용 의자에 앉아 예의 건방진 표정으로 파티를 즐겼다.

'잘못 생각했나?'

트리즌 백작의 표정 관리는 완벽했다. 어떠한 것에 관심이 없는 나른한 귀족 그 자체였다.

'묻지 않는다면 어쩔 수 없지.'

그에 대한 판단은 이제 시작이었다.

술을 마시며 기사들과 가볍게 얘기를 나눴다. 그리고 파티를 즐기다가 새벽녘에 숙소로 돌아왔다.

그리고 해가 중천에 떠오를 때쯤 일어났다.

"모두 오늘은 숙소에서 대기하세요. 전 목격자를 만나고 오겠습니다."

"수색을 해야지 않습니까!"

"명령입니다!"

불만이 가득한 표정으로 세 명의 마법사는 마론에 대한 수색을 해야 한다고 말했지만 명령이라는 말로 억누른 후 밖으로 나왔다.

"쯧! 날씨 꼬라지하곤."

눈발이 날리고 있었다. 날씨가 포근한 것이 아무래도 큰 눈이 내릴 것 같았다.

천천히 걸었다.

이 정도면 어린아이도 미행할 수 있을 것이다.

내성을 나와 트리즌 시내를 벗어났다. 그리고 인적이 드문 곳을 한참 걸어 도착한 곳은 아무도 없는 해안이었다.

뒤쪽으론 숲이 있고 앞으로 넓은 바다뿐이다.

틈틈이 시계를 보며 모래 대신 작은 돌들이 가득한 해안을 서성였다.

'훗! 미끼를 물었네.'

백작성을 나올 때부터 뒤를 쫓고 있는 인물.

미리 집중하지 않았다면 쫓고 있는 것조차 몰랐을 것이다.

날리는 눈도 알아내는 데 도움을 줬다.

내리는 눈이 공중의 한 지점에서 멈추거나 휘어졌는데 그 모양이 딱 사람의 형태이다.

'자신이 있어 쫓아왔다는 소린데 오늘 힘든 싸움이 될지도······.'

상대가 감추려고 하면 7서클인지 8서클인지 정확히 판단을 할 수 없었다.

'슬슬 시작해 볼까.'

여기까지 온 이상 죽이든지 죽든지 둘 중 하나였다.

"어이~ 하늘 물고기 양반, 목격자는 이미 만났으니까 이만 내려오지. 아니, 백작 체면이 있으니 올라갈까."

플라이트 마법을 걸고 트리즌 백작이 있는 곳으로 올라갔다.

*　　　*　　　*

"타칸 후작님은 뭐 그딴 놈을 조사 팀의 팀장으로 보낸 거야!"

마론이 죽자 가장 연장자가 된 마법사가 소리쳤다.

"그러게 말입니다. 당장 마론 사형을 찾으러 나가야 하는 거 아닙니까."

"그게 아니라면 탑에 연락을 하는 건 어떻습니까?"

"아니, 그건 안 돼. 후작님이 보낸 사람이 마음에 들지 않는다고 항명하는 것처럼 느껴질 것이 분명해."

"그럼 어떻게 합니까?"

"일단 그의 무능함이 밝혀질 때까지 기다려야지. 마론 사형이 나타날 수도 있고."

제이는 아까부터 똑같은 얘기를 반복하고 있는 세 마법사를 보며 한숨이 나오는 걸 겨우 참았다.

'참 못났다.'

나름 마탑의 각 분야에서 뛰어난 사람들이라고 들어왔는데 겉으로는 아우스를 인정하는 듯이 굴면서도 실제로는 못마땅해하고 있는 속 좁은 인간들이었다.

이해 못 하는 바는 아니다. 그의 실력을, 그의 재능을 옆에서 지켜본 이는 제이 자신뿐이지 않은가.

'모든 걸 숨기고 독자적으로 움직인 것은 욕먹어도 싸지만.'

물론 아우스를 감싸줄 생각은 없었다.

제이는 일어났다. 이제 아우스가 그에게 시킨 일을 할 시간이었다.

"넌 어디 가냐?"

"…속이 좋지 않아서."

"마법사라는 녀석이. 다녀오너라."

제이는 밖으로 나와 아우스의 방으로 갔다.

약속대로 침대엔 수정구가 놓여 있었다.

새벽에 아우스는 딜리버리 마법으로 그에게 한 가지 부탁을 했었다.

수정구에 마나를 흘리고 잠시 기다리자 타칸 후작의 얼굴이 보이는 화면이 앞에 나타났다.

─어라? 이제 변신도 할 수 있냐?

"처음 뵙습니다, 타칸 후작님. 전 마탑에서 테라번 님의 제자로 있는 제이입니다."

─응? 둘째의 제자라고? 근데 네가 왜 아우스의 수정구를 사용하는 거냐?

"부… 명령을 받았습니다."

─헐~ 팀장을 시켜줬더니 팀장 놀이에 푹 빠졌군. 그래, 어떤 명령을 내리디?

"트리즌 백작에게 연락을 해서 얼굴을 직접 확인하라고 했습니다. 그리고 혹시 통화를 거부하거나 핑계를 대면 후작님께서 당장 이곳으로 와야 한다고 전하라고 했습니다."

─왜?

"통화가 되지 않으면 범인이 트리즌 백작일 가능성이 높고 만일 도망가면 큰일이 날 거라고 했습니다."

─트리즌 백작이 범인이라고? 도대체 어떻게 수사를 했기에. 그건 그렇다 치고 6서클을 못 잡아서 나보고 내려오라고? 이 자식, 나 엿 먹이려고 하는 거 아냐?

타칸 후작이 소리를 높이자 제이는 절로 어깨가 움츠러들었다.

"그건 저도 잘……."

─너한테 소리치는 거 아니다. 명령은 잘 받았고 혹시 내려가서 사실이 아니면 대련 10번은 해야 한다고 전해라.

"후작님께 명령을 내린 건 아니고……."

─안다. 백작과 통화를 해야 하니 끊는다.

화면이 사라졌다.

"휴우~"

가장 존경하는 인물과 통화했다는 기쁨보다 화면으로 보는 것만으로도 느껴지는 위압감에 너무 못난 모습을 보인 것 같아 한숨이 나왔다.

그는 정말 화장실에 가야겠다고 생각하며 아우스의 방을 나갔다.

*　　　*　　　*

"오호~ 함정이었나?"

모습을 감추려고 눈을 맞고 있던 그는 몸에 붙은 눈을 수증기로 만들어 날려 버리곤 몸 주변에 투명한 막을 만들어 눈을 튕겨냈다.

"음, 그렇긴 한데 어째 미끼를 문 사람 같진 않군."

"바늘을 물었다고 해서 잡히는 건 아니니까. 도망갈 수도 있고, 오히려 낚시꾼을 잡아먹을 수도 있지."

그가 씨익! 웃는 순간, 엄청난 에너지가 머리 위에서 느껴졌다.

연속으로 블링크를 세 번 펼치며 피했다.

쿠웅!

어마어마한 열기의 파이어 볼이 아까 서성이던 해안에 부딪히며 폭발이 일어났다.

"프로텍트!"

폭발이 얼마나 강력한지 후폭풍마저도 프로텍트로 막아야 할 정도였다.

'빌어먹을! 이거 잘못 건드린 것 같은데. 그 인간이 빨리 와야 할 텐데.'

타칸 후작이 전력을 다하면 이 정도가 될까.

마법을 펼치는 속도, 단순해 보이는 파이어 볼이 가지는 힘, 8서클을 10단계로 나누면 두말할 것도 없이 정점에 이른 솜씨다.

"쯧! 인간의 몸 따윈 정말 거추장스럽군."

"트리즌 백작의 몸을 차지한 거야?"

"멍청한 것들이 이따위 몸을 준비했더군. 너 같은 몸을 줬다면 본래 가진 힘의 90퍼센트는 쓸 수 있었을 텐데."

"…설마, 마왕 소환 의식을?"

수천 명의 죽음, 검은 수정, 빙의를 생각하니 옛이야기에 나오는 마왕 소환이 떠올랐다.

"큭! 큭큭! 푸하하하! 하하하하!"

트리즌, 아니, 트리즌의 탈을 쓴 놈은 재미있다는 듯 박장대소를 했다.

"뭐가 우습지? 마왕이 아니면 마졸인가?"

"크하하하! 뭐, 너희가 볼 땐 그렇게 볼 수도 있겠네. 아무튼 너희 인간들은 정말 재미있어. 잘못된 지식을 주입시켜 두면 그것이 세대를 거듭하면서 환상을 만들어낸다니까."

무슨 말인지 이해가 되지 않았다.

"즐거워하는 거 방해하기 싫은데 알아듣기 쉽게 얘기 좀 해보지?"

"설명한다고 알아들을 수 있을까? 그리고 하등 동물이 알아봐야 소용없어. 그냥 마왕이라고 생각해. 너희에게 나란 존재는 그렇게 보일 테니까."

"왕의 품위가 없으니 마졸이라고 부르지. 그리고 그냥 너라는 존재를 설명하려다 보니까 대번 떠오르는 것이 그거였을 뿐이야."

언제나 인간계를 차지하려는 마계, 그에 맞서는 인간을 돕는 드래곤과 엘프 같은 유사 인종, 그럼에도 불구하고 위기에 처할 때면 나타나는 신계의 영웅들.

의문도 있었다.

왜 대륙의 생명체들이 전멸의 위기에 처했을 때야 신계의 영웅들은 기어 나올까? 미리 오면 안 되는 걸까? 마계는 인간계에 뭐 먹을 게 있다고 아등바등 나와서 매번 '다음엔 꼭!'이라는 말을 남기고 떠날까? 따위의 의문 말이다.

예전엔 반쯤 믿었는데 이계의 잡다한 사실을 알고 있는 지금은 좀 더 믿지 않는 쪽으로 변했다.

"아! 그리고 한 가지. 얼마 전에 너 같은 생명체를 다뤄본 적이 있어. 그게 뭔 줄 알아?"

그의 대답을 기다리지 않고 바로 말을 이었다.

"기생충! 남의 몸에 기생을 하면 살아가야 하는 존재. 내 말이 맞지 않나?"

"감히 벌레 따위가!"

"역시 발끈하는 거 보니 내 말이 맞나 보네."

한 개가 아니라 팔방으로 여러 중첩의 파이어 볼이 날아왔다. 거기에 블링크를 하지 못하게 옮겨갈 만한 곳에 불의 비를 내리게 만들었다.

"피할 테면 피해봐."

"눈 오는 날 불비라 따뜻하네."

내 강점은 마법과 검술이다. 굳이 마법으로 그를 상대할 이유가 없었다.

마법 검갑에서 검 여덟 개가 나왔다. 그리고 순식간에 검강을 두르고 파이어 볼을 잘랐다.

열기만으로 사람을 태울 것 같던 파이어 볼이 눈이 녹듯이 사라져 버렸다.

"…제법이군."

"인심 좋은 내가 한마디 더해주지. 내가 기생충을 어떻게 했는지 알아?"

여덟 자루의 검과 주변의 마나가 내 의지를 받들어 에너지를 만들기 시작했다.

"박멸!"

빈다고 살려줄 놈 같지 않다. 아마 지면 놈에게 마나를 쭉 빨려 미라가 될 것이다.

'내 실력의 끝이 어디까지인지 확인해 볼까.'

선택의 여지가 없긴 하지만 8서클 수준에 이른 후 한 번도 최선을 다해 싸워본 적이 없는데 그럴 기회가 왔다.

쾅! 콰콰콰쾅!

트리즌, 아니, 마졸이 피할 틈을 주지 않고 생성된 마법이 그를 때렸다. 그리고 여덟 개의 검도 마찬가지로 그를 찔러갔다.

'막혔다?'

가장 먼저 날아간 검 끝에 뭔가가 걸린 느낌은 들었지만 이후 더 나아가지 못하고 막혔다.

폭발의 후폭풍이 가시자 정확히 모습이 드러났다.

마졸은 육각형으로 이루어진 작은 조각들을 이어 붙인 듯한 막으로 둘러싸여 있었다. 오직 가장 먼저 날아간 검만이 그 막을 뚫고 마졸의 팔을 찌른 상태였다.

물론 정확히는 말하자면 팔에 찔리고 방어막이 생성되었다는 게 맞을 것이다.

방어막에 막혀 있던 검강을 머금은 검은 일제히 마나의 결을 잘라갔다. 하지만 박히기만 할 뿐 더 나아가진 못했다.

"설마… 쉘?"

방어 마법엔 쉴드, 프로텍트, 벌집 구조의 쉘, 엡솔루트 쉴드로 구분된다고 알려져 있다.

그러나 실제로 인간이 쓸 수 있는 것은 4서클 쉴드와 7서클 프로텍트뿐이다.

물론 5서클에 중첩 쉴드, 6서클엔 삼중첩 쉴드, 8서클엔 중첩 프로텍트를 쓸 수 있다.

엡솔루트 쉴드의 경우 9서클에 이르러야 가능하다는 얘기만 있을 뿐 실제로 마법 공식조차 없는 상황이다.

그리고 마지막으로 쉘은 그야말로 옛이야기로만 전해 내려오는 방어 마법이다. 게다가 인간의 머리로는 쓸 수 없는 드래곤만 전유물이라고 알려진 마법이었다.

"빌어먹을 인간의 뇌 같으니라고."

"야, 마졸! 뇌 핑계 대지 말고, 너 설마 드래곤의 기생충으로 산 적이 있었냐?"

"이… 노예 따위가 감히!"

"눼에~ 눼에~ 호가호위랬다고 백작의 기생충도 대우받아 마땅하겠죠. 왜? 검으로 더 쑤셔 드려?"

"우아아아아!!!"

그의 고함이 고막을 흔들고 두려움이 들게 만들었다.

그는 번개처럼 다가왔다.

"진짜 '빌어먹을'이군. 기생충 피어냐? 중첩 프로텍트!"

콰앙!

그의 파란 기운이 담긴 주먹질에 방어막은 산산조각이 나고 안에 있던 나에게 충격이 전해진다.

바다 쪽으로 홀홀 날아갔다.

"중첩 프로텍트!"

다시 날아오는 그를 보고 방어막을 펼쳤다.

쾅!

더한 충격이 전해진다.

눈발이 바람에 휘날리듯이 그의 주먹질에 연신 이리저리 휘날렸다.

"좀 전처럼 더 나불거려 보지그래?"

방어막을 좀 더 강하게 만드는 법을 알아냈다. 힌트는 역시 마졸, 아니, 드래곤… 기생충의 쉘을 본 영향이었다.

그러나 한 번 본 걸로 다 카피를 하지 못했다. 그의 주먹질에 금세라도 부서질 것 같았다.

파삭!

깨진 육각형의 조각들이 흩어지며 다시 마나의 본모습으로 돌아간다.

"죽어!"

놈의 주먹이 날아온다.

푸푸푸푸푸푹!

그러나 바로 눈앞에서 멈췄다.

바다의 일부가 수많은 얼음 창으로 변해 놈을 찌른 것이다.

"이를 어째. 바다도 기생충은 싫어하나 봐."

이죽거리고 난 후 몸을 뒤로 뺐다. 그리고 바닷물을 움직여 수많은 물줄기를 만들고 다시 얼음으로 만들어 놈을 공격했다.

놈의 몸과 주변이 열기로 이글거리기 시작했다. 다가가던 얼음 조각들은 물로 바뀌고 곧 수증기가 된다.

"놈……!"

녀석은 내 공격을 무력화하고 주변을 마나를 움직이려 했다. 그 순간 하늘에서 거대한 검이 그를 내려쪘었다.

쩌정!

"저 망할 쉘을 어떻게 해야겠는데."

망치로 못을 때렸는데 망치가 부러진 것처럼 마나로 만든 검이 부러져 버렸다.

불이 타오르는 작은 톱니바퀴 수백 개가 만들어져 날아왔다.

조금 전 해안가에서 맞으면서까지 바다로 유인한 건 주변의 피해도 피해지만 놈이 화염 계열 마법사라는 이유에서였다.

플라이트 마법을 해제시켰다.

몸은 급속도로 아래로 떨어져 내렸고 머리 위로 연신 불의 톱니바퀴들이 지나갔다.

첨벙!

차가운 바닷물에 빠지는 순간 천근추를 이용해 몸을 무겁게 했고 이어 물속에서 방향을 틀어 놈의 발밑으로 접근해 하늘로 치솟았다.

그리고 현재 검갑에 있는 검 중 절반인 16개의 검이 빠져나와 내 몸 주위 빙글빙글 돌았다.

물에서 나오자마자 불의 톱니바퀴가 덮쳤지만 검이 방어막이 되어 다 막아버렸다.

"검을 대체 몇 개나 들고 다니는 거냐."

"너 같은 놈들 때문에 많이 들고 다니는 거야."

어차피 쉘로 방어를 할 것이 분명했기에 다른 방법으로 이용해 보기로 했다.

이계의 기억 중 리볼버 권총처럼 돌아가면서 한 발씩 쏘듯이 검에 맺힌 검강만 쏘았다.

쉘의 결 한곳만 계속해서 노릴 수 있다는 것 외에도 방어까지 가능하다는 것이 최대의 장점이었다.

콱! 쾅! 콱! 쾅!

쉘의 결에 박힌 검광은 폭발했고 순간 벗겨진 틈에 다시 검강이 박히고 터졌다.

예상은 적중했다.

어린 드래곤들의 몸을 보호하기 위해 드래곤의 수장이 만들었다고 전해지는 쉘은 연속적인 검강의 폭발에 형태를 유지 못 하고 서서히 부서지고 있었다.

"쉐, 쉘이……! 파이어 익스플로전!"

눈 오는 날 태양이 떴다.

사라지게 못하려는 듯 아예 폭발을 하면서 덮쳐온다.

피할까라는 생각이 들었지만 머릿속에서 지워 버렸다.

오히려 검에 검강을 더욱 두텁게 두르고 더 빠르게 회전을 시켰다. 그리고 그것을 원뿔처럼 만들고 그대로 파이어 익스플로전과 부딪혀 갔다.

영감탱이가 언제 올까라는 생각도, 혹시나 죽지 않을까라는 두려움도 잊고 오로지 뚫어버리자는 생각으로 돌진했다.

*　　　*　　　*

"그 꼬맹이 놈, 어지간히 욕하나 보내."

"네?"

"귀가 간지러워서."

타칸 후작은 제이의 물음에 대답하며 귀를 후비적거렸다.

"그나저나 목적지가 어디라고는 말 안 했어?"

"그저 해안가라고만… 알아서 찾아오실 거라고……."

제이는 연락한 지 얼마 되지 않았는데 자신을 찾아온 타칸 후작을 존경 어린 눈으로 바라보고 있다가 얼른 대답했다.

"아니, 내가 무슨 신이야? 해안가라고 하면 찾을 수 있게? 하여간 어지간히 꼴통이라니까."

투덜대면서 건물 밖으로 나가자 왕실 기사단과 병사들이 이미 백작 저택을 접수한 후였다.

"여긴 일단 부기사단장이 맡아."

"몇 명 데려가시죠."

"됐어. 그놈이 오라고 할 정도면 몇 명 더 붙는다고 소용없어."

타칸 후작은 제이의 연락을 받고 바로 트리즌 백작과 통화를 시도했다.

자고 있다는 집사의 말에 당장 바꾸라고 했고 결국 저택에 없다는 확인한 그는 군사들을 이끌고 내려온 것이다.

사실 바쁜 일 때문에 아우스에게 맡겼지만 수천 명이 죽고 7서클 마도사가 이끄는 마탑이 전멸했다는 건 보통 일이 아니었다.

"도대체 트리즌 백작이 얼마나 강하기에 급하게 날 부른 거지? 별것 아닌데 부른 거기만 해봐라."

저택을 나서자마자 해안 쪽으로 달리며 감각을 넓혔다. 근데 마치 자신이 보라는 듯 듬성듬성 이상한 마나의 기운이 남겨져 있었다.

'따라오라고 흔적을 남겨뒀군. 근데 참 신기한 기술이네. 마

치 날 욕하는 것 같아. 훗! 이런 쓸데없는 짓에만 정력을 낭비하지 않았으면 정말 큰일 낼 놈인데.'

슈린 백작에게 9서클에 이르게 될지도 모른다고 말했지만 8서클이 되고 아우스의 나이 두 배 정도인 40년을 노력했음에도 이르지 못한 9서클이었다.

슬럼프가 와서 한 6개월 정도 게으름을 피운 적도 있었다. 그러나 그 외에는 하루도 빠짐없이 수련을 해왔던 그였다.

그럼에도 불구하고 9서클의 길은 보이지 않았다.

"여기서 1차전을 벌인 모양이군."

해안가 돌들이 녹았다가 굳어가고 있었다. 이렇게 추운 날 아직까지도 열기가 남아 있는 걸 보면 20분은 넘지 않았다.

"분명 트리즌 백작의 흔적일 텐데 화염 마법이라……."

분명 아우스가 사용한 마법의 흔적은 아니다.

타칸 후작이 확신하는 이유는 아우스의 마법 스타일 때문인데, 그는 마나를 끝까지 사용했다가 낭패를 당한 일이 있는지 결코 마나를 낭비하는 법이 없었다.

딱 상대를 죽일 수 있을 만큼의 힘을 썼다.

그렇다면 결국 트리즌 백작이 사용한 흔적인데 그는 수빙 계열 전문이었다.

예전에 휴양차 왔다가 그의 저택에 머물며 대련을 한 적이 있었기에 잘 알고 있다.

"게다가 이 정도라면 8서클이라는 소린데."

혼적은 많은 것을 보여줬다.

그는 감각을 더욱 넓히며 주변을 두리번거렸다. 그러다 곧 플레이트 마법을 써서 바다를 향해 날았다.

텔레포트로 멀리 가지 않았다면 아우스의 성격상 바다로 갔을 게 분명했다.

'다른 곳으로 이동을……'

쿠웅!

상당히 멀리까지 나왔을 때 거대한 진동이 느껴졌다.

흐린 날씨에 거칠게 일렁이는 바다에도 잔잔한 파동이 생길 정도.

속도를 높여 앞으로 나아갔다.

쿠웅! 쾅!

날아가던 몸이 밀려갈 정도의 충격파가 다시 일어났다. 그럼에도 시선에는 보이지도 않았다.

아우스의 안위보단 피가 끓어올랐다. 아우스가 밀리고 있다면 당장 자신이 상대할 생각을 하며 진원지를 향해 갔다.

흐릿한 속도로 움직이는 두 사람이 보였다.

마법과 마법, 검술과 권술이 연신 부딪히고 있었다.

내리는 함박눈보다 작게 보일 정도로 멀리 있었지만 싸움의 흉흉함은 나아가는 발길을 붙잡기에 충분했다.

'전력을 다하는 아우스의 실력이 저 정도였나……'

자신과 싸울 때 최선을 다하지 않았든지 그동안 실력이 늘었든지 둘 중 하나인데 아무래도 전자 쪽인 것 같았다.

마나를 다루는 노련함, 속도, 힘, 검술 실력, 검술의 깊이, 어느 것 하나 부족함이 없었다.

붙고 싶다는 생각이 식었다. 오히려 구경하는 것이 더 재미있다는 듯 넋을 잃고 바라봤다.

더 가까이 가서 보고 싶은데 그러면 흥을 깰까 거리를 유지했다.

'힘에선 트리즌 백작이 앞서는데 노련미는 아우스가 앞서는군.'

싸움은 치열했다.

어느 쪽도 물러나지 않고 연속해서 공방을 이어갔다. 그러나 20분 정도 지나자 팽팽했던 균형이 서서히 깨지기 시작했다.

한 사람은 약해지는데 한 사람은 점점 강해지고 있었다.

"파이어 댄스!"

놈의 말에 불이 춤을 추듯이 여기저기서 피어올랐다.

1시간 가까운 싸움. 정말 신기하게도 놈은 불과 관련해서는 정말 자유자재로 가지고 놀았다.

파이어 익스플로전을 시작으로 파이어 스프레이, 파이어 미스트, 파이어 게이트 등 별의별 종류를 다 사용했다.

그러면서도 위력이 약하냐? 아니다. 안개처럼 피어오르는 불을 순간 무시했다가 온몸에 구멍이 날 뻔했고, 입체적인 생기는 파이어 게이트는 헬 게이트와는 비교도 안 될 만큼 위협적이었다.

심지어 배우는 속도가 타의 추종을 불허했다.

내 검처럼 불의 검을 뽑아 날 위협했다.

다만 한 가지 치명적인 약점이 있었다.

'성격이 완전 애야.'

놈과 싸우면서 내린 결론이었다.

처음엔 생존에 대해 걱정할 정도였지만 싸우다 보니 차츰 약점이 보였다.

놈은 마치 안하무인으로 자란 귀족가 도련님처럼 싸웠다.

뒷일을 생각하지 않고 마나를 아낌없이 쏟아부었고 움직이는 길목과 피할 수 있는 곳에만 사용하면 될 것을 많은 사람과 싸우는 사람처럼 광범위하게 마법을 뿌려댔다.

또한 말을 하면 발끈해서 마법을 난사했다.

몸속의 마나가 무한정 있는 것도 아니니 시간이 지날수록 힘이 약해질 수밖에 없었다.

'이제 끝내야겠어.'

약간의 여유가 생겨 놈이 마법을 사용하는 방법을 유심히 봤고 어느 정도 원리를 파악할 수 있었다.

좀 더 시간을 줘 배움이 빠른 녀석이 마나를 무리하게 사용하고 있음을 깨닫는다면 그땐 새로운 국면으로 들어갈 것이 빤했다.

거기에 만일 이번에 놓쳐 좀 더 성장해서 나타난다면 그땐 감당할 자신이 없었다.

파이어 댄스는 그의 성장을 보여주는 마법이었다.

불이 어디로 움직일지 모를 정도로 자유로웠고 심지어 검강으로 잘라도 금세 다시 살아나 공격했다.

"마법도 널 닮아가나 보다. 아주 제멋대로군."

도발을 했다.

"자르지 못하니 열 받았나 보군."

너무 시간을 준 건가? 다시 도발을 했다.

"아니, 너무 유치해서 그래. 뭐랄까, 마치 작은 꼬맹이 기생충이 꿈틀거리는 것 같다고나 할까."

"이놈이!"

으득!

'정말 어린애인가.'

인간의 마법과 조금 다른 마나 사용법, 쉘 마법, 마법을 펼칠 때마다 하는 '쓸모없는 인간의 몸 따위'라는 놈의 말과 마나를 아끼지 않는 행동을 보면 백작의 몸을 차지한 뭔가가 새끼 드래곤인 헤츨링이 아닐까 하는 생각 쪽으로 점점 무게추가 기울었다.

화가 난 놈은 파이어 댄스의 규모와 크기를 키웠다. 그 순간 난 오히려 정말 춤추는 것처럼 꿈틀거리고 있는 불을 향해 몸을 날렸다.

"미친놈! 자살이라도 하고 싶은 거냐?"

놈의 중얼거림이 무색하게 다가가자 불이 뒤로 물러났고 다른 방향으로 가버렸다.

놈과 나 사이에 있는 불의 장막은 마치 비켜주듯이 물러나고 사라졌다.

"어떻게……! 아악!"

파악! 으드득!

파이어 댄스가 어이없이 뚫렸다는 것에 당황한 걸까, 아님 그가 반응할 속도보다 빨라서 당황한 걸까. 그는 찌르기는 막았지만 방향을 바꾸며 검면으로 때리는 것은 막지 못했다.

"크… 리커버리! 리커버리! 리커버리!"

부러진 갈비뼈가 심장을 찌르기라도 했는지 그는 훌훌 뒤로 나르면서도 연속으로 리커버리를 외쳤다.

하지만 그의 몸이 다 낫기 전에 다시 한 번 그의 허벅지를 찔렀다.

꽤 유의미하다고 할 수 있는 공격이었다. 그러나 그 역시 만만치 않았다.

몸 자체가 태양처럼 빛나며 접근을 불허했다.

공방은 다시 10분쯤 지속됐다. 그러나 그의 마나는 드디어 바닥을 보였다.

펼쳐지던 마법이 중간에 사라진 것이다.

"자, 잠깐! 내, 내가 누구인지 궁금하지 않아?"

빠르게 다가가는 내 모습에 겁을 먹은 녀석은 말을 걸어 시간을 벌고자 했다.

"전혀."

빤히 보이는 수작에 넘어갈 생각은 없다.

사실 조금은 궁금하긴 했다. 하지만 사소한 궁금증을 변수와 바꾸는 멍청한 짓이었다.

다가가 검으로 심장을 찌르려는 순간 놈은 갑자기 모든 힘을 빼고 아래로 떨어져 내렸다.

절묘한 수였다.

떨어져 내리는 동안 마나를 모을 생각인 모양이었다.

'다 잡은 물고기를 놓칠까 보냐!'

바로 검의 방향을 바꿨다.

빠르게 바다를 향해 떨어지는 놈과 심장을 노리고 빠르게 다가가는 검.

떨어지면서 놈은 약간의 마법을 더했는지 따라잡기가 쉽지 않았다.

게다가 그의 상단전이 빛나며 주변의 마나가 일렁이는 걸 보면 텔레포트를 할 모양이었다.

인간이라면 텔레포트하는 데 시간이 어림없었지만 그의 빠른 시전 속도라면 아슬아슬해 보였다.

내가 좀 더 빠른 상황이니 하늘에서 계속 떨어진다면 이동하기 전에 아슬아슬하게 죽일 수 있을 듯했다. 하지만 조금 후면 바다였다. 물속에 들어간다면 아슬아슬하게 죽이지 못할 것 같았다.

"다음에 만나면 그땐 꼭 죽여주지."

계산을 다 했을까, 놈은 한껏 비틀린 웃음을 지은 채 말했다.

"잘난 척하더니 내가 무서워 도망가는 거냐?"

"내가 깨어난 지 얼마 되지 않아 적응을 못 해 도망가는 거라고 해둘게. 대신 돌아오면 그땐 너와 관련된 놈들, 아니, 이 왕국에 있는 인간들의 씨를 말려주지."

도발을 너무 써먹었나 보다. 더 이상 걸려들지 않았다.

"그건 네가 알아서 하고. 근데 너 정말 드래곤이야?"

"그래. 위대한 불의 일족의 일원이다!"

"불의 일족이 물의 도움을 받아 살아나려 하다니 정말 아이러니하군."

"크큭큭! 급한데 어쩔 수……."

쩌저적!

뒤에서 들리는 이상한 소리에 뒤를 돌아보던 놈의 봉목이 찢어져라 커졌다.

떨어지는 곳의 바다가 밑에서부터 얼면서 올라오고 있었기 때문이었다.

놈은 나에게로 고개를 휙 돌렸다. 방금 전의 비웃던 얼굴에

놀람과 분노로 가득했다.

"어쩌지? 더 이상 도망갈 데가 없네?"

말을 시켜 그의 주위를 흐트러뜨린 후 5제곱미터 정도 크기로 바다의 중간부터 얼게 만들었다.

마침 위에까지 얼었고 놈은 그곳에 떨어지기 직전이었다.

검을 뒤로 뺐다. 그리고 놈이 얼음 바닥에 닿는 순간 그대로 심장에 찔러 넣었다.

콰직!

심장을 통과한 검이 얼음까지 뚫고 들어가 손잡이까지 박혔다.

검강까지 잔뜩 머금은 검이라 설령 드래곤이 현신한 상태라도 살 수가 없을 것이다.

그는 몸을 일으키려 파닥거리려 했지만 두 다리로 그의 몸을 누르고 있었기에 꼼짝도 하지 못했다.

"…모, 몸만 제대로 됐어도… 쿨럭!"

"몸 탓하지 마. 네놈이 멍청해서 그런 거니까."

"스, 승리했다고 새, 생각하는 거냐? 하, 하지만 아직은… 아냐."

그의 손이 빠르게 내 손을 잡아온다. 그의 손바닥은 검게 물들어 있었는데 마치 소용돌이처럼 손바닥 안으로 들어가는 모양이다.

난 피하는 대신 프로텍트를 펼쳤다.

파삭!

근데 그의 손에 닿자 프로텍트는 과자처럼 박살이 나버렸다.

"나, 나도 죽겠지만 너, 너도 마나를 뺏기고 죽게 될 거야. 흐, 흐흐!"

그의 손은 내 팔에 거의 다가왔다. 그러나 곧 더 이상 다가오지 못하고 멈췄다.

육각형의 작은 조각으로 이루어진 막이 나를 감싸고 있었다.

"어, 어떻게……!"

"무의미한 싸움을 한 대가로 몇 개 챙겼어. 이건 그중에 하나고."

"…씨, 씨… 크륵!"

눈가를 실룩이며 악귀 같은 얼굴로 무슨 말을 하려 했지만 피가 역류했는지 마무리를 짓지 못하고 머리를 얼음에 댔다.

죽은 것이다.

그의 몸에선 빠르게 마나가 사라지고 있었기에 더 이상 그를 누르고 있을 이유가 없어 일어났다. 그리고 죽은 자를 향해 중얼거렸다.

"알아. 나 씨발 존나 멋있지?"

놈은 마지막에 분명 날 멋있다고 생각했을 게 분명했다.

멀리서 구경만 하고 있던 타칸 후작이 빠르게 다가오고 있었다.

"어떻게 됐나? 내가 늦은 건 아니지?"

그는 어설픈 연기를 했다.

난 환하게 웃으며 그에게 엿 먹어라는 의미의 가운뎃손가락을 선물했다.

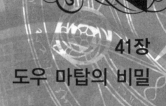

41장
도우 마탑의 비밀

　트리즌 영지의 일은 사건 보고서를 올리는 것으로 끝이 났다.

　트리즌 백작에게 드래곤의 영혼이 빙의되었다는 얘기를 제외하곤 가급적 상세하게 적었다. 그래서 새로운 조사 팀이 수십 명 넘게 내려왔다.

　나의 경우 더 이상 도울 필요가 없었기에 집으로 돌아왔다.

　―슈린 백작님이 미스터리한 일이라고 오래 걸릴 거라고 했는데 빨리 끝났네?

　"운이 좋았어."

　―네 실력이 좋았던 건 아니고?

"상대가 약했던 건지도."

돌아오자마자 에리안과 통화를 했다.

—다친 덴 없고?

"…으응."

—아무튼 무사히 돌아와서 다행이야.

그녀의 말에 살아 돌아왔다는 안도감과 함께 왠지 모를 포근함이 느껴졌다.

그에 빙긋이 웃음 지었다.

사실 한편으론 가슴 한편에 남아 사라지지 않는 젠느에 대한 감정 때문에 미안했다.

'시간이 해결해 주겠지.'

감정이 마나처럼 내 의지대로 따라주면 좋겠지만 그건 8서클로서도 불가능이었다.

이어지는 그녀의 물음에 상념에서 벗어났다.

—…갈까?

예전이라면 엔트 할아버지의 집까지 텔레포트 마법진을 사용하면 금방이었으니 망설이지 않고 '그래'라고 말했을 것이다.

그러나 지금은 수도의 텔레포트 마법진을 이용한 다음, 다시 걸어서 할아버지의 집에 들러야 하는 과정을 거쳐야 했고 돌아갈 때도 마찬가지였기에 불편하기 이를 데가 없었다.

그렇다고 내가 가자니 조금 피곤했다.

기생 드래곤과의 싸움에서 많은 상처를 입었고 리커버리

마법을 사용해 멀쩡해 보였지만 누적된 피로까지 사라진 건 아니었다.

"아니, 여기 정리하고 난 후에 올라가서 보자."

―올라오려고? 거긴 어쩌고?

"시골 생활도 적당히 했으니 도시 생활도 해봐야지. 무엇보다도 미인인 애인을 타지에 보내놓고 마냥 내버려 둘 수는 없잖아?"

'아니'라는 말에 움찔하던 그녀는 곧 그녀답지 않게 기분 좋은 얼굴을 한다.

물론 그래봐야 다른 사람이 보기엔 표정의 변화가 있었냐고 반문할 만큼 미세했지만 말이다.

올라가서 보기로 한 후 트리즌 영지에서 있었던 일을 주제 삼아 얘기를 나누고 수정구를 껐다.

"아함~ 내일 일은 내일 생각하기로 하고 잠이나 자볼까."

한동안 지냈어도 내 집이라 트리즌 백작의 저택보다 푹 잠들 수 있었다.

해가 중천에 뜰 때까지 자다가 일어나 짐을 쌌다.

내 몸통만 한 봇짐이 다였다. 웬만한 건 다 놔뒀다. 필요한 사람이 가져가 쓴다면 그것도 나쁘지 않았다.

마나를 움직였다.

기존 방식이 아닌 기생 드래곤이 쓰던 방식.

과거 1분 정도 걸리던 수식이 30초도 되지 않아 완성됐다.

가령 '집에서 내가 생각하는 수도의 한 지점으로 이동한다'를 '집, 생각하는 곳, 이동'으로 줄인 것이다.

'더 줄일 수도 있겠는데. 차차 생각해 보기로 하자.'

어느새 이동을 했고 멀리 수도가 보였다.

봇짐을 메고 사람들이 오가는 대로에 올라 수도로 향했다.

"현재 외성엔 빈집이 없습니다."

외성 경비대의 사무관은 집을 구하고 싶다는 내 말에 딱 잘라 말했다.

각국마다 조금씩 다르긴 했지만 내성과 외성은 경비대에서 부동산 업무를 담당했다.

"얼마나 기다려야 할까요?"

"글쎄요. 대기 인원이 100명이 넘는 터라 적어도 한 달쯤은 기다려야 할 것 같습니다. 다음 분요."

예의는 갖췄지만 영혼 없는 사무적인 말투.

뒷돈이라도 줘볼까 했지만 이미 다음 사람과 얘기를 나누고 있었다.

다시 줄을 서서 기다려 얘기해 볼까 하다가 길게 늘어선 줄을 보고 경비대를 나왔다.

내가 귀족이어도 없다고 했을까 싶지만 귀족이 아니니 알 길이 없다.

"방법이 없는 것도 아니지."

수정구로 타칸 후작에게 연락을 했다.

―다신 안 볼 것처럼 하더니, 왜?

"도우 마탑 도서관 사용권 말고 다른 것 해줘요."

―사용권 필요 없고 귀찮게만 하지 말라며.

트리즌 영지 일을 해결해 준 대가로 도서관 사용권이라니, 당연히 거절했다.

피트의 마법서 몇 권쯤 꽂혀 있겠지만 그래서 더욱 피하고 싶었다.

"마음이 바뀌었습니다."

―변덕은 그럼 뭘로 해줘?

"외성에서 지내려는데 빈집 있나 알아봐 줘요."

―오호~ 임을 따라온 거냐?

"당연하죠."

발뺌하면 두고두고 놀릴 게 뻔하다. 이럴 때 뻔뻔하게 나가는 게 제일이다. 아니나 다를까, 그는 별 재미가 없는지 원래의 화제로 돌아왔다.

―쩝! 외성이라면 귀족들을 위해 준비해 둔 집이 있을 테니 외성 경비대에 얘기해 놓으마.

"지금 바로 연락해 주시면 좋겠습니다. 짐 들고 경비대 앞에 있거든요."

―보고서 한 장 달랑 던져놓고 휑하니 가더니 성격이 무지 급하네.

"어느 분처럼 목숨이 오가는 위급한 상황에 느~긋하게 구경하는 할 만큼 여유가 없어서 죄송하네요."

―…험! 그 녀석. 그때 도착했다니까 그러네. 아무튼 내가 금방 연락… 아!

"아! 뭐요?"

―마침 비어 있는 데 생각났다. 조용하고 전망 좋고 에리안 남작과 좋은 시간 보낼 수 있는 곳.

또 엿 먹이려고 수작을 부리는 건가.

하지만 보고 결정할 수 있는 일이니 절대 당할 일은 없을 것이다.

그가 설명하는 곳은 아카데미 뒤쪽에 위치해 있었는데 내성, 외성, 타칸 후작이 말하는 곳이 만나는 지점에 검문소가 세워져 있었다.

"무슨 일이오?"

몰린보다 더 큰 덩치의 기사가 앞을 막으며 물었다.

그나저나 몰린은 잘 지내나 모르겠다.

"타칸 후작님이 여기 나온 집이 있다고 가보라고 해서 왔습니다."

"아우스 경?"

"네."

"타칸 후작님께 연락받았소. 저쪽 길로 가다가 끝에서 좌측으로 돌아 걷다 보면 짐을 정리하고 있는 130호 집이 보일 거요. 보고 마음에 들면 여기로 와서 등록하면 되오. 참! 혹시 안내가 필요하면 해드리겠소."

무뚝뚝하고 사무적인 말투에 비해 꽤 착하다는 느낌이다.

감사를 표한 후 그가 가리킨 출구로 나왔다. 좌우로 높은 벽이 있어 답답할 만도 한데 벽을 감싼 넝쿨의 푸른 잎들이 답답함을 덜어줬다.

"와우! 좋은데."

시원한 호수, 나무와 꽃들로 꾸며진 둘레 길, 호수 주변 언덕 위에 듬성듬성 지어진 집들.

귀족들이 잠깐 바람 쐬러 오는 곳 같은데 과연 내가 있어도 되나 싶었다.

"가능하니까 줬겠지."

고민은 잠깐, 둘레 길의 좌측으로 가다 보니 호수와 얼마 떨어지지 않은 집 대문 앞에 사람들이 부지런히 일을 하고 있는 모습이 보였다.

대문 기둥 옆에 붙어 있는 130이라는 숫자 푯말이 살펴볼 집임을 알려줬다.

"실례합니다."

"어이쿠, 죄송합니다."

귀족과 평민 간의 간격은 좁혀지고 있다지만 아직까지 멀었다.

무거운 짐을 지고 나오던 짐꾼은 날 보곤 얼른 비키려 하다 보니 몸이 기우뚱했다.

넘어질 것 같아 투명 손으로 살짝 자세를 잡아줬다.

어리둥절해하는 그를 두고 안으로 들어갔다.

넓지도 작지도 않은 거실.

다섯 명의 일꾼이 연신 거실에 있는 물건들을 치우고 있었다. 그중 한 명이 전 주인의 초상화를 떼고 있는데 초상화 속 근엄한 표정의 사내 얼굴이 무척 낯익었다.

'트리즌 백작!'

내가 죽인 사람의 집을 소개해 주다니, 이 망할 후작 놈이 미쳤나 보다.

물론 유령이 나올까, 혹은 양심의 가책을 느껴 사지 않을 건 아니었다.

2층 침실을 살펴봤다.

마음에 들었다. 특히 커튼을 젖히면 보이는 호수가 멋졌다. 좀 더 언덕 위에 있는 집에서 본다면 더 멋있겠지만 이 정도면 충분했다.

바로 검문소로 갔다.

"어떻게, 마음에 들었소?"

"네. 한데 트리즌 백작의 저택이었나 봅니다?"

"처음 이곳을 만들 때 두어 번 쓰곤 안 썼을 거요."

"꽤 풍경이 좋은 곳이던데 왜?"

"귀족분들껜 그리 좋은 곳이 아니거든요. 아무튼 살 요량이 거든 300금을 지불하면 될 거요."

300금이면 상당히 저렴했다.

내 생각을 읽었는지 덩치 큰 기사는 한마디 더했다.

"본래 1,000금쯤 하는데 300금에 주라고 후작님이 명령했다오."

그래도 양심은 있는 인간이다.

아공간 지갑에서 100금씩 넣어둔 주머니 세 개를 꺼내 건넸다.

"확인했소. 짐은 오후 네 시쯤 다 뺄 수 있다고 했으니 그 이후에 짐을 들이면 될 거요."

"혹시… 아니다, 혹시 괜찮은 가구점 알고 있으면 소개해 주겠습니까?"

혹시나 지금 빼고 있는 가구를 그대로 써도 상관없지 않을까 생각했지만 곧 마음을 바꿨다.

혼자 쓸 거라면 상관없지만 에리안과 함께하는 시간도 고려해야 했다.

검문소에서 외성 방향으로 나와 덩치 큰 기사가 알려준 가구점으로 갔다.

*   *   *

핫둘! 핫둘!

겨울이라 해가 늦게 뜨기도 했지만 해가 뜨기도 전부터 울려 퍼지는 기사들의 구호 소리에 잠에서 깼다.

"쯧! 귀족들이 싫어할 만도 하네."

라쿠스 딜리디움.

현재 내가 거주하고 있는 곳의 이름이다.

휴식의 호수라는 이름의 이곳이 마법 기사들의 거처가 된 것은 불과 20년 전.

귀족의 힘이 약해지고 마법 기사들의 중요성이 커지자 전대 플린 국왕은 마법사 우대 정책을 펼치며 많은 마법사를 고용했다.

문제는 내성은 물론이거니와 외성에도 고용한 기사들의 거처를 마련하기가 쉽지 않다는 점이다.

이미 살고 있는 이들을 내쫓을 수는 없는 일. 궁여지책으로 왕실과 귀족들이 머리를 식힐 때 쓰던 휴식의 호수에 작은 집들을 짓고 고용한 기사들에게 줬다.

기사들이 많아지자 준귀족이라는 직위를 가졌지만 평민에 불과한 이들과 함께하는 것이 불쾌해진 귀족들은 호수를 찾지 않았고 그 빈자리를 다시 기사와 행정관들이 채웠다.

그런 악(?)순환 끝에 결국 휴식의 호수는 이름과는 어울리지 않는 곳이 되었다.

귀족들의 집이 완전히 사라진 건 아니다. 하지만 대부분 언덕 위에 위치해 있어 나처럼 기사들의 구호 소리를 들을 이유는 없었다.

눈을 더 붙일까 했지만 출근 시간이 끝날 때까진 불규칙하게 들리는 구호 소리를 들어야 했기에 일어났다.

커튼을 열자 물안개가 낀 호수가 눈에 들어왔다.

발코니에 마련된 의자에 앉아 긴 하품을 하며 멍을 때렸다.

해가 뜨자 물안개가 사라졌고 물안개가 사라지자 아침 운동을 하던 기사들도 사라졌다.

"날씨 좋네."

한층 서늘해진 겨울 날씨에 오들오들 떨며 출근하는 행정관이 무색하게 중얼거렸다.

"어? 아우스 경 아니십니까?"

트리즌 영지에서 봤던 제이였다.

"이곳에 사셨습니까?"

"일주일 전쯤에 이사했어요."

에리안도 벌써 두 번이나 왔다 갔다.

"아~ 그러시구나. 전 사흘 전에 트리즌 영지 일을 마무리하고 올라와 오늘부터 다시 탑에 나가야 합니다."

묻지 않는 것까지 얘기하는 그다. 테라스에 앉아 계속 대화하는 것은 예의가 아니었기에 일어났다.

"차라도 한잔할까요?"

"오늘은 나가기만 해도 괜찮으니까요."

조사 팀이 어디까지 조사를 했는지 궁금했다.

"트리즌 백작이 미쳐서 주민들을 학살한 것으로 흐지부지

끝났습니다."

제이는 커피를 마시며 미주알고주알 자신이 아는 바에 대해 알려주었다.

정말 아무것도 몰라서일 수도 있고 뭔가를 감추고 싶어서 덮은 것일 수도 있었다.

'뭐, 나랑은 이젠 상관없으니까.'

끌려다니는 것도 여기까지다.

악몽의 숲에서 실력 향상에 약간 도움을 받은 것에 대한 은혜는 갚았다.

"근데 아우스 경, 마탑 도서관을 이용하게 되셨다면서요?"

"그 대신에 이 집을 얻었습니다. 도서관 따위 전혀 가고 싶지 않거든요."

"예에? …마탑의 도서관이라면 누구라도 가고 싶어 하는 곳인데, 왜……?"

놀람과 부러움, 아쉬움이 혼재된 얼굴로 물었다.

"나한텐 딱히……."

"아~ 아! 그곳에만 갈 수 있다면 제가 사는 집을 양보했을 수도 있는데, 크으~"

"…타칸 후작님에게 저 대신 제이 경이 들어갈 수 있는지 물어볼까요?"

"정말이요?! 그래만 주시다면 바랄 게 없죠! 제가 형님으로 모시겠습니다!"

너무 안타까워서 예의상 한마디 했는데 빼도 박도 못하게 감격해했다.

아무래도 타칸 후작에게 다시 한 번 연락을 해봐야 할 것 같았다.

*   *   *

나 대신 제이에게 마탑의 도서관을 보여줄 수는 없냐는 내 부탁을 타칸 후작은 순순히 허락했다. 단, 이틀 후 나 역시 같이 들어가야 한다는 조건을 붙였다.

"6서클에 올라야 볼 수 있는 도서관을 볼 수 있게 되다니 다 형님 덕분입니다."

제이는 아주 좋아죽으려 했다.

"…형님이라 부르지 마세요."

"약속은 약속 아닙니까, 형님!"

"제가 싫다고요. 그냥 가지 말까요?"

뒷골목에서 깡패로 살던 시절, 나이 많은 이들에게 형님이라는 말을 듣고 살았었다. 그래서 제이가 하는 형님이라는 소리가 어색하진 않았다.

그러나 어쭙잖은 일로 형님이란 말을 듣긴 싫었다.

"헤헤! 알겠습니다, 아우스 경."

잠시도 가만히 있지 못하는 제이와 마탑에 도착해 타칸 후작의 둘째 아들인 베일 마법사에게 갔다.

"도서관은 18층에 있는데 이 열쇠를 문손잡이에 끼우면 들어갈 수 있소."

베일 마법사는 나에게 커다란 열쇠를 건넸다.

"기한은 10일이오."

"예? 10일요?"

"마탑의 마법사들도 5일밖에 못 있는 곳이오."

베일이 착각을 했다. 난 몇 시간만 있다가 나올 생각이었다.

"…그게 아니라 하루면 충분한데."

"나오는 건 마음대로이지만 그럼 제이도 그때 나와야 하오."

베일의 말에 제이가 소리쳤다.

"예? 그런 게 어디 있습니까?"

"넌 부록이잖아."

"…부록이라니……"

한마디로 제이를 조용하게 만든 베일은 다시 나를 향해 말했다.

"나오는 건 알아서 하시오. 대신 열쇠는 나에게 반납해야 하오."

"혹시 오래 머물게 되면 식사는 어떻게 합니까?"

"식탁으로 음식이 갈 거요. 그리고 제이야."

"…네, 스승님."

"짧은 시간이 될 수도 있겠지만 좋은 기회를 얻었으니 최대한 많은 것을 볼 수 있도록 하려무나."

"알겠습니다, 스승님."

떨떠름한 표정의 제이와 함께 18층으로 올라가는 엘리베이터를 탔다.

"정말 금방 나올 생각입니까? 최소한 5일만이라도, 아니, 나흘… 아니, 사흘, 아니, 이틀만이라도 머물러 주십시오. 제발 부탁입니다."

"…쩝! 일단 들어가 보죠."

바로 그가 원하는 답을 주기엔 지루함을 버틸 수 있을지가 의문이었다.

18층 전체가 도서관인지 문은 달랑 하나밖에 없었다.

열쇠를 끼우고 돌렸다.

─아~ 응♡

여자의 비음과 같은 소리와 함께 문이 열렸다.

열쇠를 뺄 때도 마찬가지. 어느 작자가 만든 문인지 모르지만 참 변태스럽다.

안으로 들어갔다. 책으로 꽉 차 있는 아카데미 도서관을 상상했는데 아니었다.

물론 책이 적은 것은 아니다. 그저 공간에 비하면 많지 않았다.

'도서관이라기 보단 잘 꾸며진 서재 같네.'

넓은 창으론 외성과 외성 밖이 한눈에 보였고 그 앞엔 보는 것만으로도 폭신해 보이는 소파가 놓여 있었다.

"저 먼저 봐도 될까요?"

당장에라도 책장으로 달려가고픈지 책장에서 눈을 떼지 않고 묻는 제이.

"난 신경 쓰지 마시고 마음대로 하세요."

"그럼!"

책장으로 달려가는 그의 모습에 피식 웃곤 소파에 앉아 밖을 구경했다.

책을 읽는 것보다 지금은 생각을 정리하는 것이 훨씬 좋았다.

요즘에 주로 하는 생각은 베른일 때의 쓰레기 더미 같은 기억을 정리하는 것과 트리즌 백작이 썼던 마법에 대한 것이었다.

특히 트리즌 백작이 썼던 마법은 현재 대중화된 마법과는 궤를 달리했다.

단점도 있었다. 내부의 마나를 너무 많이 썼다.

트리즌 백작의 몸에 빙의된 것이 드래곤이고 이야기책에 나오는 드래곤처럼 무한한 마나를 가지고 있다면 정말이지 무서울 것이 없는 마법 체계임엔 틀림없었다.

놈의 마법을 분석하면 분석할수록 그날 상대해서 그를 죽일 수 있었던 것이 천운임을 알 수 있었다.

만일 놈이 더 많은 이들의 마나를 먹어치웠거나 자신이 차지한 몸에 대한 인식이 제대로 되었다면 죽은 사람은 나였을 것이다.

마탑 내부는 마법을 사용할 수 없는 구역과 사용할 수 있는 구역이 나뉘어져 있었다.

도서관은 사용할 수 있는 구역이었다.

제이를 보니 그는 책을 읽느라 정신이 없었다.

드래곤이 했던 방식대로 쉘을 만들었다.

몸의 마나가 쭉 하고 줄어들었다. 한데 일반 쉴드를 만들 때보다 약간 빠를 뿐이었다.

물론 캐스팅 과정에서 계산할 것이 많은 점을 생각해 보면 상당히 빠른 것이긴 했지만 드래곤이 한 것보단 늦었다.

'무슨 차이가 있는 거지?'

마나를 느껴 카피한 것이기에 정확히는 알 수 없었다. 그래서 계속 실행을 해보면서 차이를 알아보려고 노력했다.

'내가 모르는 명령어의 차이인가? 아님, 이해도의 차이?'

마법이 마나와 논다고 하지만 정확하게 말하자면 가만히 있는 마나에게 의지로 명령을 내리는 것이다.

타고난 능력으로 드래곤이 무슨 명령어로 마나를 움직이는지 마나의 움직임을 보고 카피는 할 수 있지만 생각마저 볼 수는 없었다.

또한 내가 누구보다도 마나를 이해하고 있다곤 하나 드래곤보다 더 잘 이해하고 있다고 할 수는 없었다.

그 간격 때문일까.

수십 번을 넘게 쉘을 했음에도 속도는 나아지지가 않았다. 그에 마나는 빠르게 사라졌다.

그 결과, 또 한 가지의 사실을 알아냈다.

드래곤이 마나를 마구 써서 졌을 것이라고 생각했는데 착각이었다. 드래곤은 꽤 알뜰살뜰하게 마나를 관리하며 날 공격했던 것이다.

문득 주변에 있던 마나가 책장이 있는 쪽으로 몰려갔다.

"뭐야?"

돌아보니 제이가 각성을 했는지 자리에 앉아 눈을 감고 있었다.

"나는 세 가지 의문이 생겼는데 누군 서클이 올라가고, 참 좋은 도서관이네."

혹시 마법을 사용하다가 그의 평정을 깰까 조용히 창밖의 풍경을 구경했다.

제이가 깨어난 것은 물건 이동용 텔레포트 마법진으로 식탁에 식사가 차려진 후 얼마가 되지 않아서였다.

"축하해요. 마나로 속을 채워서 배가 고프진 않겠지만 먹어요. 맛있군요."

"하하! 감사합니다. 7서클까지 한 번에 됐으면 그랬을 텐데. 아니라 그런지 배가 고픕니다."

제이는 6서클이 된 것이 기쁜지 활짝 웃으며 자리에 앉아 포크와 나이프를 들었다.

"책의 어떤 부분을 봤기에 벽을 넘었습니까?"

말없이 식사만 하기 뭐 해 가볍게 물었다.

"아우스 경의 말 덕분이었습니다."

"네?"

"마탑 선배님들의 글을 읽다 보니 문득 관통하는 '내려놓기'라는 단어가 떠오르더군요. 그와 함께 처음 마법을 시작했을 때가 떠올랐고요. 과거를 한 번 돌이켜 보고 나니 이렇게 6서클이 되어 있네요. 감사합니다."

"그냥 한마디 했을 뿐인데요."

테린을 시작으로 나와 연관된 이들은 유난히도 벽을 넘어 새로운 경지에 이르렀다. 그러나 의도한 적은 단 한 번도 없었다.

한데 계속 이러는 걸 보면 뭔가 특별한 능력이 있는 게 아닌가 싶다.

'마탑을 세워볼까?'

내 한 몸 건사하게 된 지 얼마나 됐다고. 엉뚱한 생각에 피식 웃고 말았다.

"6서클에 이르렀으니 이제 나갈까요? 어차피 오늘이 아니라도 혼자 다시 와서 볼 수 있잖습니까?"

"물론 그럴 수도 있지만… 최대한 많은 책을 보고 싶습니다."

"대체 무슨 책인데요?"

"7서클이 된 선배 마도사들이 자신들의 경험과 마법을 남

긴 겁니다. 그 외에는 대륙에서 판매되고 있는 6서클까지의
마법서가 보관되어 있고요."

6서클 마법사에겐 욕심이 날 만한 책들이었다.

"좋아요. 일단 저도 생각할 것이 있으니 버텨보기로 하죠."

사나흘쯤 머물 생각이었기에 허락했다.

"감사합니다. 버티기 힘들면 말해주십시오. 그땐 더 이상 고
집 피우지 않겠습니다."

식사를 마친 제이는 바로 다시 책장으로 달려갔다.

그에 반해 나는 차까지 느긋하게 마신 후에야 식탁에서 일
어났다.

그러곤 다시 소파로 가 아까 찾아낸 세 가지 의문에 대한
해답을 찾으려 노력했다.

'모르겠다. 지금은 기존의 마법을 줄인 것으로 만족하자.'

꼬박 이틀간 고민했지만 마나에 대한 이해도를 넓히지도, 캐
스팅 시간을 줄이지도, 소모되는 마나양을 줄이지도 못했다.

아무래도 천천히 알아가야 할 것 같다.

'재미있나?'

제이는 여전히 책에서 눈을 떼지 않고 있었다.

슬슬 나가자고 해야 하는데 왠지 방해하기가 미안해진다.

식사 시간에 말하기로 하고 48시간 만에 도서관을 둘러보
았다.

"이 벽 뒤론 뭔가 중요한 게 있나 보군."

현재 있는 도서관의 크기는 18층의 4분의 1의 크기. 나머지 4분의 3은 내가 알아볼 수 없을 만큼 마법적 처리가 되어 있었다.

집중을 한다면 뚫을 수도 있을 것 같았지만 굳이 꼭 알아야 할 만큼 대단한 것이 있을 거라곤 생각되지 않았다.

기껏해야 피트의 집에서 가져온 것들일 것이다.

방을 빙 돌다 보니 책장에 이르렀다.

나 역시 마법사이다 보니 자연스럽게 꽂혀 있는 책을 훑어보게 된다.

'타칸 루반스!'

저자가 타칸 후작인 책이 보였다.

다른 책들보다 훨씬 얇은 것이 특징이었다. 나도 모르는 사이 책을 빼서 펼쳤다.

"풉! 그답군."

타칸 후작이 7서클에 이른 후 쓴 책 같은데 정형화된 질문에 답을 하는 형식이었다.

'4서클 벽을 어떻게 넘었는가?'라는 질문에 그의 대답은 '열심히 하다 보니'였다.

5서클도, 6서클도, 심지어 7서클도 '열심히 하다 보니'가 답이었다.

이어지는 7서클 마법에 대한 설명도 엉망진창인 건 마찬가

지었다.

내가 보기에 틀린 말은 없었다. 그러나 만일 6서클에 오른 사람이 본다면 이해하지 못할 말일 뿐이었다.

"몸으로 가르치는 재주밖에 없는 사람이네."

그의 책을 원래대로 꽂아놓고 자연스레 다음 책을 뽑아 봤다.

…내가 생각하는 7서클에 이르는 방법은 간절함이 아닐까 한다. 간절함이란 마법사라면 누구나 가지고 있다고 생각할지 모르겠지만 내가 말하는 간절함은 그보다도 훨씬 상위에 있는 개념이라고 말하고 싶다. 당장 죽어도 여한이 없다는 간절함, 거기에 살아야 한다는 의지 역시 더해져야 한다. 말이 조금 이상하다고 느낄지 모르지만 난 그런 과정을 통해 7서클에 닿을 수 있었다. 덧붙이자면……

7서클에 대해 나와 비슷한 생각을 가진 사람이다. 난 7서클에 이르는 것이 의지라고 생각하고 있었다.

책을 읽는 건 재미있었다.

배울 것이 있거나 하진 않았지만 마치 이야기책을 읽는 것 같았다.

도서관을 나가기로 했던 것을 잊고 빠르게 책장의 책들을 읽어나갔다.

글은 쓴 사람들은 같은 7서클이지만 성향이나 성격, 마인드에 따라서 정말 다양하게 7서클에 이르렀고 그에 걸맞은 마법들을 적어놓았다.

상단전 마법인 7서클에 이르렀을 때 좀 더 자신의 마법을 체계화하는 데 도움이 될 글들이었다.

"…아우스 경!"

큰 소리로 부르는 제이의 목소리에 책에서 시선을 뗐다.

"집중력이 대단하네요. 식사하세요."

"아! 책에 너무 빠져 있었네요."

"책을 읽기로 했습니까?"

식사를 하면서 제이가 기대하는 눈빛으로 물었다.

내가 책을 읽으면 시간을 더 가지게 되는 그로서도 나쁠 것이 없었다.

"내일까지만 읽고 나가죠."

"예에~? 하루 만에 다 읽으시려고요?"

"하하! 다 읽어서 뭐 하게요. 그냥 훑어보는 거예요."

"아, 네……."

서운한 표정이었지만 내가 할 만큼 했다는 것을 아는지 더 이상 떼를 쓰지 않았다. 대신 하나라도 더 얻으려는지 궁금한 점을 물었다.

"7서클에 이르기 위해 가장 먼저 준비해야 할 것은 뭘까요, 아우스 경."

"제이 경도 책을 읽었으니 어느 정도 짐작하는 게 있지 않습니까?"

딱히 비전 같은 것이 아니었기에 말해줄 생각이다. 그러나 일단은 그의 생각을 듣는 게 우선이다.

사실 가르쳐 준다고 다 7서클에 이르면 지금 대륙은 7서클과 8서클로 가득 차 있어야 했다. 즉, 옆에서 아무리 조언을 해줘도 결국은 스스로가 느끼고 벽을 뚫어야 한다는 건 변함이 없었다.

"글쎄요. 베일 스승님도 말하셨고 책을 보니 대부분 언급이 되어 있는 것이… 혹시 하단전 개발입니까?"

확신이 없는 물음.

"맞아요. 하단전을 최대한 개발하는 게 가장 빠른 길이 될 거라고 장담합니다."

"그렇군요. 검술에 좀 더 힘을 써야겠네요."

확신을 주는 것으로 대답을 대신했고 제이는 고개를 끄덕이며 그러겠노라 대답했다.

그가 실력 면에서 꽤 날 신뢰하는 모양이다.

식사를 마친 우리는 다시 책장에 붙어 독서를 했다.

제이는 꼼꼼하게 살폈고 난 가벼운 마음으로 훑었다.

막 다시 한 권의 책을 덮은 나는 새로운 책을 찾았다. 그때 눈에 띄는 저자의 이름이 보였다.

'론 베네딕트. 현 도우 마탑의 마탑주의 책인가?'

손에 쥐자 알람 마법이 걸려 있음이 느껴졌다.

"훗! 마탑의 제자들이 자신의 책을 읽는지 읽지 않는지를 체크하는 건가."

재미있는 사람이라고 생각하고 책을 펼쳤다.

탑주답다고 해야 하나, 꽤 꼼꼼히 적어뒀다. 그러나 그가 7서클에 이른 시점을 생각해 보면 이미 한 세대 전의 방식이었다.

수많은 사람이 갈고닦은 새로운 마법 이론이 있는데 굳이 옛 이론을 따를 이유가 없었다.

'어라? 이건……!'

책을 덮으려는데 이계의 언어인 한글이 보였다.

'105쪽으로 가'라는 글은 마치 그린 것처럼 적혀 있었다.

깊게 생각하지 않고 105쪽으로 넘겼다. 거기에 다시 120쪽으로 가라는 글이 적혀 있었다. '140쪽이 만고 132쪽으로'와 같이 이상한 글도 있었지만 어렵지 않게 원하는 페이지로 갈 수 있었다.

하지만 정말 아무것도 아니었다. 마지막 207쪽을 펴자 '끝'이라는 한 글자만 크게 적혀 있었다.

"쩝! 장난하나."

—미안하네. 장난을 쳐서.

투덜거리는데 등에서 들리는 소리에 돌아보니 웬 노인네가 서 있었다.

　　　　*　　　　　*　　　　　*

　아무런 기척 없이 나에게 접근할 수 있는 사람이 있을까?

　설령 8극천의 일인인 타칸 후작도 불가능했다.

　자만이 아니다. 내가 타칸 후작에게 비밀리에 접근하는 것도 불가능하니까.

　한데 접근을 했다?

　9서클 마도사라면 가능하지 않을까 싶었다.

　하지만 자세히 보니 그는 9서클이 아니었다. 아니, 아예 서클을 느낄 수 없었다.

　'영상!'

　자세히 보니 도서관 구석에 박힌 수정구에서 나온 화면이었다. 단지 선명도가 일반 수정구와는 달랐을 뿐이었다.

　―놀랐나 보군?

　"조금요."

　―미안하네. 놀라게 할 생각은 없었는데.

　마음씨 좋은 할아버지처럼 웃는 얼굴로 말하는데 침을 뱉을 수는 없었다.

　"괜찮습니다. 혹시 론 베네딕트 마탑주십니까?"

　알람 마법이 걸린 책. 출입이 엄격하게 통제된 도서관에 수정구를 이용할 수 있는 사람, 머리카락과 수염까지 새하얀 나이, 도우 마탑의 로브이면서도 유니크한 문양이 새겨진 옷 등을 볼 때 마탑주가 분명했다.

─허허! 그런 허명을 가지고 있긴 하지.

"처음 뵙겠습니다, 아우스입니다."

어느 때보다 정중하게 인사했다.

플린 왕국에 와서 알게 된 사실이지만 현재 대륙이 마법의 시대라고 불릴 수 있게 된 것은 눈앞에 있는 론 베네딕트 덕분이었다.

엄밀하게 따지자면 피트의 마법이 퍼진 것이지만 꽁꽁 숨겨도 상관없을 마법책과 마법진을 널리 퍼뜨린 것이 론이라고 한다.

엔트 할아버지가 화염 요리기를 만들고 내가 현재 위치에 있는 것도 어찌 보면 그의 용기 있는 행동 덕분인지도 몰랐다.

싸가지 없는 피트가 혹시 이마저도 계획한 것이 아닐까 하는 생각이 들었지만 고개를 저었다.

─타칸에게 듣기완 달리 아주 예의 바른 청년이군. 반갑네. 론이네. 혹시 괜찮다면 차라도 한잔하겠는가?

"…그러시죠."

그를 인정한다고 얘기를 나누고 싶은 건 아니었다. 그러나 거절을 하기엔 현 상황이 애매했다.

─맞은편 벽으로 오시게.

조금 전까지 벽이었던 곳에 문이 생겼다.

마탑주의 갑작스러운 등장에 얼떨떨해하며 눈을 굴리고 있는 제이를 뒤로하고 벽에 생긴 문으로 들어갔다.

건너편으로 들어가자 문이 다시 벽으로 바뀌었다.

'헐~ 몇 개의 방어 마법진이 있는 거야. 건물이 무너져도 여긴 말짱하겠네.'

들어선 방은 18층의 나머지 4분의 3이었다. 한데 침입자를 막으려는 방어 마법진이 얼핏 느끼기에도 십여 개가 넘었다.

"어서 오게. 이쪽으로 앉지."

문을 지나 좀 더 걸어가자 테이블에 앉아 있는 론이 보였다. 그는 책을 읽고 있었는지 책을 덮으며 말했다.

맞은편 자리에 앉자 컵과 주전자가 날아와 차를 따른다.

"마음에 들지 않으면 다른 차를 주겠네."

"아닙니다. 향이 좋군요."

어떤 차인지가 중요한 게 아니었다.

다만 무슨 일로 불렀는지 몰랐기에 차를 마시며 그가 입을 열기 기다렸다.

"여기가 어떤 곳인지 궁금하지 않았나?"

"피트의 집에서 가져온 물건들을 놔둔 곳이 아닐까 생각합니다만."

넓이에 비해 많은 물건이 있진 않았다. 띄엄띄엄 놓인 선반 위에 책과 물건들이 놓여 있었는데 모두 유리관이 덮여 있었다. 한쪽의 벽에 빈 유리관만 놓여 있다는 걸 빼곤 도서관보단 박물관에 가까웠다.

"우리 마탑이 피트 님의 유산을 얻었다는 걸 안다더니 금방 맞혔군."

"간단한 추측입니다."

"허허허! 트리즌 영지의 일도 추측이었나?"

"그건 추리죠."

"헛헛헛! 그렇지. 그건 추리지."

그는 귀여운 손자를 보는 것처럼 흐뭇한 표정으로 웃었다. 그러나 살아온 나이가 비슷하다는 걸 알면 어떤 표정을 지을까 궁금하다.

내 생각과 상관없이 그는 흐뭇한 표정으로 말을 이었다.

"비밀로 해줘서 고맙네. 혹시 몰라 몇 가지 마법진을 설치해 뒀는데 오는 사람이 없더군."

"설령 알렸다고 해도 누가 이곳에 오겠습니까."

웬만한 왕궁보다 더 마법사가 많고 경비도 삼엄한 곳이 도우 마탑이었다.

8서클 마도사들이 단체로 오지 않는 이상 뚫릴 일은 없을 것이다.

"인간들의 보물에 대한 욕심은 때론 상상을 불허한다네. 훔치러 오는 인간도, 협박을 하는 인간도, 천천히 좀먹듯이 조여 오는 인간도 있겠지. 꽤나 심력을 낭비하는 일이야."

"그럴 수도 있겠군요. 한데 입을 다문 것을 치하하고자 부른 건 아닌 것 같은데 하실 말씀 하시죠."

찻잔을 비우며 물었다.

"길게 얘기하는 걸 싫어하나 보군."

"좀 그런 편이죠."

"허허! 얼른 얘기를 끝내야겠군. 본론에 앞서 몇 가지 더 묻지. 자네는 이 안에 있는 피트 님의 물건들에 대해 관심이 없나?"

"네. 없습니다."

"…응? 관심이 없다고?"

론은 의외라는 듯 되물었다.

"예! 전혀요."

"허어~ 9서클 마도사였던 피트 님의 물건인데도?"

"그래서 더욱 관심이 없습니다."

"혹시 피트 님이 가문의 원수라든가, 그런 건가?"

"그런 건 아닙니다. 다만 혼자 힘으로 수련을 하면 된다는 생각입니다."

그를 만났던 것이나 기생체에 대한 얘기를 할 생각이 없었기에 적당히 둘러댔다.

거짓말은 아니다.

피트의 말을 거부하고 미헬라의 몸에 있는 기생체를 흡수하지 않고도 8서클이 되지 않았던가.

"음, 하긴 자네 나이와 능력을 생각한다면 굳이 필요가 없겠지. 그럼 혹시 9서클에 대한 갈망은 없는가?"

"왜 없겠습니까? 하지만 조급해한다고 될 일이지 않잖습니까?"

조급할 이유가 없다.

만일 9서클들이 많이 있는 세상이라면 모를까, 9서클은 한 명도 없는 세상. 나이에 비해 난 이미 충분한 실력을 가지고 있었다.

"그럼 다시 묻지. 만일 피트 님 물건 중에 9서클에 대한 설명이 있다면 어떤가? 보고 싶은가?"

"보고 싶지 않다면 거짓이겠죠. 그러나 만일 그런 게 있었다면 탑주님과 타칸 후작님이 이미 9서클이 되어야 정상 아니겠습니까?"

"…그렇게 생각할 수도 있겠군."

정곡이 찔렸는지 그는 잠시 말을 멈추고 차를 마시며 생각할 시간을 가졌다.

그의 말은 잔을 내려놓음과 동시에 이어졌다.

"본래 자네가 원한다면 피트 님의 책들을 보여주고 원하는 바를 알고자 했는데… 자네가 싫다고 하니 염치 불고하고 내 욕심을 차려야겠는데 괜찮겠나?"

그가 외부인인 나에게 피트의 책을 보여주며 알고 싶은 게 무언지 궁금했다.

"편히 말씀하십시오."

"고맙네. 아까 내가 적은 책에 적힌 이상한 글을 보았는가?"

"네. 한데 그 글이 어떻다는 겁니까?"

"피트 님은 어느 날 대륙으로 떨어진 이계인인 미나 님을 만나 사랑에 빠졌다네.

"그 얘긴 엔트 할아버지의 책에서 본 것 같네요."

"자네가 본 글은 미나 님 세상의 글임에 분명해. 한데 그걸 아는 사람이 지금까지 아무도 없었네. 그래서 대륙에서 그 글을 알고 있는 사람이 있지 않을까 해서 혹시나 싶어 이곳저곳에다가 그런 방식으로 글을 적어둔 거지."

나쁘지 않은 방법이었다.

고개를 끄덕이면서 속으론 '한글'을 안다고 해야 할지 모른다고 해야 할지 고민했다.

'굳이 모른다고 할 이유는 없겠지.'

한 가지 묻고 싶은 것과 교환하는 형식이라면 가르쳐 줘도 상관없을 것 같았다.

"고대의 언어라고 생각했는데 이계의 글인 줄은 몰랐네요."

"알고 있나?"

"읽을 줄은 압니다."

"아!"

론은 상당히 다양한 감정을 실은 감탄사로 토해냈다. 그리고 약간 떨리는 목소리로 실례를 표한 후 전시된 물품으로 달려가 한 권의 두툼한 책을 들고 왔다.

"호, 혹시 여기 뭐라고 적혀 있는지 말해줄 수 있겠나?"

그는 책 앞에 적힌 '한글'을 짚으며 물었다.

'오랜 시간 9서클 관련 글이라고 생각했을 텐데 실망하겠군.'

글은 단번에 알 수 있었다. 하지만 감격해하고 있는 론이 내 말을 듣고 실망해서 쓰러지지나 않을까 걱정이다. 물론 8서클 인 그가 정말 그럴 리는 없겠지만.

입을 열었다.

"마법적인 유산이라고 생각했다면 아쉽게도 아닙니다. '일기 장'이라는 글입니다."

"일… 기장……?"

"네. 그가 개인적인 것을 적어둔 것 같습니다."

론은 실망스러운 표정을 감추지 않았다.

그는 책을 무작위로 펼치며 나에게 보여줬다. 속의 내용이 일기인지를 확인하고 싶은 모양이었다.

남의 일기를 읽는 것이 마음에 들진 않았지만 론이 포기를 하게 하기 위해선 필요했다.

"미나의 세상의 지식이 우리 대륙에 하나둘씩 적용되고 있 다. 신기한 일이다. 혹시 미나와 함께 넘어온 이계의 마나에 정 보가 담겨 있었던 것인가? 그리고 그것이 알게 모르게 이 세 상에 영향을 미치는 걸까? 연구해 볼 만한 가치가 있다. …(중 략)… 미나의 세계로 가기 위한 연구는 지지부진이다. 가족을 지키겠다고 그녀에게 약속을 했는데……."

글을 읽다 보니 꽤 흥미진진했다.

'피트는 미나의 세계로 넘어가는 것을 연구했나? 성공을 했을까? 아님 죽었을까?'

다음 장으로 넘기고 싶어지는 기분. 그러나 책의 주인은 더 이상 보여줄 마음이 없나 보다.

책을 덮으며 론은 중얼거렸다.

"…확실히 일기인가 보군. 이거야, 참."

"본의 아니게 기대를 깼군요. 죄송합니다."

"허허허, 아닐세. 이미 오래전부터 어렴풋이 느끼고 있었네. 9서클에 왕도가 없음을. 아무튼 덕분에 이 책이 일기장이라는 걸 알게 되었으니 마음이 편하군."

100년을 넘게 살아온 사람답게 그는 금세 감정을 추스르고 처음 봤을 때처럼 허허로운 모습으로 돌아왔다.

"도움이 되었다니 다행입니다. 한데 한 가지 궁금한 점이 있는데 여쭈어봐도 되겠습니까?"

"말하게. 오랜 숙원을 알려줬는데 뭔들 얘기해 주지 못하겠는가."

난 비어 있는 곳을 보며 물었다.

"혹시 피트의 유산 중에 도둑맞은 것이 있습니까?"

"……"

다 말해줄 것처럼 굴더니.

"곤란한 질문이라면 안 들은 걸로 하세요."

"…아, 아니네. 너무 급작스러운 질문이라서. 말해주겠네. 단, 그 질문을 하는 이유를 물어도 되겠나?"

"트리즌 영지의 일, 검은 수정과 함께 사용되었을 거라고 생각되는 마법진, 비어 있는 유산들. 혹시나 그것들이 피트의 마법과 연관이 있는 건 아닌가 싶어서요."

트리즌 영지의 일을 보고할 때 타칸 후작의 표정이 이상했다는 말은 뺐다.

"추리력이 날카로운 친구군."

"비어 있는 전시물이 많아 보여 상상력을 좀 발휘를 해봤습니다."

"부러운 상상력이군. 자네 추측이 맞네. 도둑은 맞았다기엔 다소 어폐가 있지만 말이야."

"갈라진 겁니까?"

"허! …허허허, 무서울 정도군. 어린 나이에 8서클에 이른 것이 운이 아니었군."

"90퍼센트는 운이었습니다."

타고난 마나에 대한 감각, 기생체를 통한 마나 획득, 마나지, 발트란의 개미지옥 등.

노력을 했다곤 하지만 기연이 없었다면 현재 6서클 정도가 정상이었을 것이다.

"겸손은 됐네. 어디서부터 얘기를 해야 할까. 우리 마탑의 흠을 얘기하지 않고 말하면 반쪽이 될 테고. 비밀을 지켜줄 거라 생각하고 과거에 있었던 일을 그대로 말해주겠네. 그러니까 내 나이 마흔 때였나……."

론은 과거를 떠올리며 말을 이어갔다.

몇 번이고 차를 마셔야 할 정도로 긴 얘기였지만 간추리면 간단했다.

피트의 마법을 찾은 후 도우 마탑은 최고의 마탑으로 거듭나기 위해 불법적인 일을 마다하지 않았고 그에 분란이 일어나 둘로 쪼개졌다. 이게 다였다.

"…지미는 너무 위험한 마법들이라 마탑주가 금지시켜 둔 마법책들 가지고 그의 추종 세력들을 데리고 떠났다네."

론의 지루한 얘기가 끝이 났다.

남의 일이고 이미 오래전의 일인지라 솔직히 도우 마탑의 잘못에 별다른 감흥이 없었다.

괜스레 쓸데없는 질문을 해서 시간만 잡아먹었다는 느낌?

그럼에도 불구하고 난 심각한 표정을 짓고 있었다.

아무래도 내가 몇 번이고 만났던 검은 로브를 입은 마법사가 지미의 후예들인 것 같았다.

'그들이 뭔가를 계획하고 있는 것 같은데…….'

찝찝했다.

그러나 추리력이 좋다고 느낌만으로 그들의 계획을 알 수는 없었다.

　　　　*　　　　*　　　　*

　화려하게 꾸며진 것과 달리 창문 하나 없는 서재. 아니, 책은 많이 있지만 정확하게는 거실이라는 편이 어울릴 정도로 편안하게 꾸며져 있는 그곳에 한 중년의 사내가 앉아 책을 읽고 있었다.

　수십 년간 수없이 봐 온 책일까, 사내의 책 넘기는 속도는 읽는다고 보기에 무리가 있었다.

　똑똑!

　노크 소리와 함께 검은 로브를 입은 장년의 사내가 들어왔다.

　장년의 사내는 손을 합창한 채 고개를 살짝 숙이는 것으로 인사를 한 후 입을 열었다.

　"소환체를 없앤 자에 대해 알아왔습니다, 탑주."

　중년의 사내, 흑탑의 탑주인 벨리알은 책을 덮으며 말했다.

　"소환체에 대한 정보는?"

　피트가 남긴 마법을 이용해 소환을 실험해 봤지만 정확히 무엇이 소환되었는지는 알지 못하고 있었다.

　"정확한 것은 아직……. 하지만 소환체가 8서클 이상이라는 건 알아냈습니다."

　"오호~ 역시 악마를 소환하는 마법진이 맞나 보군. 지금까진 검은 수정의 크기가 작았던 거야. 8서클이라면 마왕은 아니고 마졸을 소환한 건가?"

흑탑이 마왕을 소환할 것이라고 생각한 마법진은 사실 마나가 과거의 정보를 가지고 있다는 것을 깨닫고 미나의 영혼을 잡아내기 위해 개발된 마법진이었다. 물론 특정인을 불러낼 수 없어서 포기했지만 말이다.

각설하고 흑탑에선 지금까지 마법진을 통해 상당한 실험을 했었다. 그러나 8서클의 영혼을 소환한 것은 이번이 처음이었다.

"아마도 그런 것이 아닐까 생각됩니다."

장년인은 조심스럽게 대답을 했다.

"혼란을 유도할 생각이었는데 곧장 죽어버렸다는 것은 마음에 들진 않지만 마법진에 성공했다는 것으로 만족해야 하는 건가?"

벨리알이 혼잣말처럼 중얼거렸다. 그러나 그러한 그의 행동에 장년인은 곤혹스러운 표정을 지었다.

벨리알이 마치 아무렇지 않게 말하는 것처럼 보이지만 8서클의 괴물을 얻을 수 있는 기회를 놓친 것에 대한 책임을 추궁하고 있음을 알고 있었다.

"아, 아닙니다. 저의 실수도 없다고 할 순 없습니다. 설마 소환된 마졸이 제물을 무시하고 트리즌 백작에게 빙의할 줄은 생각도 못 했습니다."

"그래서?"

"아무래도 제물이 그릇이 부족한 것이 아닌가 싶습니다."

"그릇?"

"저희가 준비한 제물은 기존의 실험과 마찬가지로 노예 중 한 명이었습니다. 즉, 다음에 마법적인 재능이 있는 자를 제물로 하면 될 거라고 판단됩니다."

"음……."

벨리알은 장년인의 판단이 꽤 설득력이 있다고 생각했다.

그는 자리에서 일어나 오른쪽에 위치한 문을 열었다.

비릿한 피 냄새가 그의 코를 찔렀다. 물론 그가 좋아하는 냄새였기에 그는 개의치 않고 안으로 들어갔다.

100제곱미터 정도의 새하얀 방.

그에 무색하게 정중앙에 커다란 욕조가 있었고, 욕조 안을 채우고 있는 것은 검붉은 피였다.

욕조 바로 위 천장엔 여러 개의 파이프가 달려 있었는데 그 파이프에서 검붉은 피가 뚝뚝 떨어져 내리고 있었다.

깨끗했음에도 하얀색과 검붉은 피의 조화는 섬뜩함을 주기에 충분했다.

벨리알은 성큼성큼 욕조로 갔다.

욕조 안에는 검은색 수정들이 자라고 있었는데 그중 가장 큰 수정은 오크의 몸집보다 컸다.

벨리알은 마법을 이용해 수정 중 사람 머리통만 한 크기의 수정을 들어 올렸다.

검붉은 피가 아래로 떨어지며 사이하게 빛나는 검은 수정이 모습을 드러냈다.

물 덩어리를 만들어 간단히 씻어내고 그것을 들고 밖으로 나갔다.

"이번에도 실패를 한다면 어찌 될지는 네가 더 잘 알고 있을 것이다."

"…그럴 리는 절대 없을 겁니다."

"그래야 할 거야. 이제 소환체를 없앤 놈에 대해 읊어봐."

"이름, 아우스……."

"잠깐 아우스라면 설마 악몽의 숲의 계획을 망친 그놈 말인가?"

"네, 그렇습니다."

악몽의 숲의 함정은 두 가지 목적을 위해 만들어졌다.

하나는 발칸 제국의 샤루틴 자작을 없애는 일이었고 나머지 하나는 각국의 이름난 마도사들을 죽이는 일이었다.

한데 웬 듣보잡 한 놈이 둘 다 망쳐 버렸는데 그게 바로 아우스였다.

"놈이 발칸 제국의 기사라고 하지 않았나? 근데 왜 플린 왕국에 있는 거야!"

8서클의 소환체가 죽었다고 했을 때부터 참고 있던 화가 터져 나왔다.

샤루틴 자작을 죽이는 일은 세상을 정복하고자 하는 흑탑의 계획을 위해 반드시 필요했다. 한데 실패하는 바람에 전쟁 계획이 밀렸고, 그 때문에 생각지도 않은 트리즌 영지의 일을 벌일 수밖에 없었다.

그런데 그 일마저 방해한 자가 동일인이라니 짜증이 난 것이다.

"…그게 프링크가와 인연이 있는 모양입니다."

"찢어버려도 시원찮을 놈!"

당장 탑의 마도사들을 보내 계획을 방해한 죄를 묻고 싶으나 탑의 거의 모든 인원이 전쟁 준비로 움직이고 있었다.

그렇다고 내버려 두자니 위신이 서지 않았다.

"놈을 지울 방법이 없겠나?"

벨리알의 물음에 장년인은 잠깐 생각에 빠졌다. 오래지 않아 그가 입을 열었다.

"차원의 틈으로 유도하는 것이 어떻습니까?"

"차원의 틈이라……."

나쁘지 않은 생각이었다.

8서클을 죽이기 위해선 적어도 8서클의 장로 1명이 필요했다. 확실하게 하기 위해선 두 명까지 필요했는데 시답잖은 한 놈 때문에 대계를 망칠 순 없었다.

차원의 틈.

피트의 책에 의하면 미나라는 이계인이 넘어오면서 세상에 변화가 생겼다.

이계의 정보가 서서히 파고든 것 이외에 그녀와 함께 넘어온 어마어마한 에너지는 세계의 중심을 흔들었고 차원의 틈이 생겼다.

"나쁘진 않은 생각인데 과연 놈이 그곳으로 갈까?"

"가게 만들어보겠습니다. 다만 장로님 중 한 분의 도움이 필요합니다."

"좋아. 이 장로에게 말해두지."

실패한다고 해도 대계가 성공하고 나면 그때 처리하면 됐다.

*   *   *

모두가 잠든 새벽, 하늘에서 바라보는 라쿠스 딜리디움은 이름에 걸맞게 고요하고 아름다웠다.

호수와 그를 둘러싼 언덕, 그리고 숲의 사이사이에 있는 작은 집들.

문득 집이 샌드위치처럼 작게 보이는 높이의 마나들이 부지런히 움직이기 시작했다. 그리고 잠시 후 집채만 한 원형 바위가 나타났다.

공간을 가르며 나타난 바위는 그대로 아래로 떨어지기 시작했다 그리고 점점 속도를 더해가는 바위 밑에는 한 채의 집이 있었다.

새해가 지나 스물한 살이 되었다곤 하지만 여전히 혈기왕성한 나이.

게다가 8서클에 마스터. 상대 역시 마스터.

새벽까지 사랑을 나누다 곤히 잠들어 있던 나는 왠지 모를 위협에 눈을 떴다. 그리고 곧 뭔가가 하늘에서 떨어져 내리고 있음을 감지했다.

"······!"

에리안도 느꼈는지 눈을 뜨며 일어섰다.

난 이불을 덮으며 그녀를 안았다.

"뭐야?"

"블링크!"

그녀는 놀라면서도 얌전히 있었고 그 순간 블링크를 펼쳤다.

쾅!

발이 공중으로 살짝 떠오를 만큼 강력한 힘이 방금 전까지 있던 집을 박살 내며 땅에 내리꽂혔다.

파편들이 화살처럼 다가왔지만 쉘을 뚫을 정도는 아니었다.

"···도대체 뭔 짓을 하고 다니기에 바위 우박이 떨어지는 거야?"

에리안은 집을 부수고 데굴데굴 굴러 호수로 가는 바위에서 시선을 떼며 물었다.

"글쎄, 내가 너한테 묻고 싶은 말인데?"

"나를 노렸다고 생각해?"

"그야 모를 일이지."

말을 하면서 감각을 넓혔다. 휴식의 언덕 건너편에 마나의 움직임이 감지됐다. 그러나 큰 우박(?) 덩어리를 선물한 자는 이미 텔레포트로 사라지고 난 후였다.

쫓아가 봐야 소용없는 일.

그녀의 어깨를 감싸고 있던 손을 그녀의 앞쪽으로 옮겼다.

"미쳤어? 사람들 다가오는 거 안 느껴져?"

그녀는 내 손을 때린 후 발끈하며 돌아섰다. 하지만 뭔가 걸리는지 슬쩍 내려 보더니 인상을 찌푸렸다.

에리안과 난 벌거벗은 채 얇은 이불을 함께 두른 채였다.

"하하하! 무너진 집 걱정한다고 이미 부서진 게 원래대로 될 것도 아니잖아."

"이것(?)도 집처럼 뭉개지고 싶어?"

"윽! …헤헤! 농담이야."

이것(?)을 꽉 잡아 오는데 어쩔 수 없이 꼬리를 내렸다.

마른오징어처럼 변한 집에서 입을 만한 옷을 찾을 수 없었기에 일단 예전의 집으로 갔다.

이곳에서 지낼 때 입던 낡은 옷을 입었고 에리안은 이불을 옷처럼 만들어 대충 입었다. 그리고 다시 엔트 할아버지 집으로 이동했다.

잠이 달아났기에 우린 요리사를 시켜 간단히 이른 아침을 먹었다.

"어제 하려던 말 있지 않았어?"

어제 늦게 퇴근한 그녀는 뭔가를 말하려다가 말았다.

"응? 아무것도 아냐."

예의 무표정한 표정. 그러나 이젠 에리안의 표정을 더 많이 읽을 수 있었다.

"말해도 돼. 너랑 나 사이에 숨기는 건 없었으면 좋겠어."

말하기 편하게 해주려 한마디 했다.

사실 에리안에게 미안하다.

그녀는 대련하자는 얘기를 빼곤 지금까지 귀찮게 하거나 투덜거리는 것이 거의 없었다. 또한 내가 뭘 한다고 하면 '노'라고 한 적도 없었다.

오죽했으면 관심이 없나 싶었지만 표정을 보면 날 좋아하고 있는 게 느껴졌다.

난 그런 그녀를 위해 어느 남자처럼 세레나데를 불러준다든가, 그녀를 위한 이벤트를 한다거나 한 적이 없었다.

물론 차츰 나아질 것이다. 그리고 그러기 위해 지금도 노력하는 중이다.

에리안은 머뭇거리다 입을 열었다.

"폐하께서 아버지께 세습 영지를 하사하시려고 해."

"오! 축하 인사드려야겠는걸. 근데 그게 그렇게 못 할 말이었나? 어딘데?"

"트리즌 영지. 백작에게 후손이 없었거든. 받게 된다면 이제 프링크 영지가 되겠지."

트리즌 백작을 내가 죽였다는 것이 아이러니하긴 하지만

딱히 괴로워할 일은 아니다.

해가 져야 다시 떠오르지 않는가.

한데 말을 하는 에리안은 영 탐탁지 않은 표정이었다.

"왜? 트리즌 영지가 문제라도 있어?"

"영지가 문제가 아니라 위치가 문제지. 그리고 그곳을 영지로 주는 의도도 문제고."

"별게 다 걱정이다. 대표적인 휴양지잖아. 게다가 주는 의도야 '충성하라', 이거 아냐?"

"…조만간 전쟁이 일어날 거야. 영지의 주인으로 해안을 방어해야 할 테고."

"아!"

"무엇보다도 영지를 주는 이유는 너 때문에 주는 거라는 편이 맞을 거야."

에리안이 왜 말하기를 주저했는지, 왕이 왜 트리즌 영지를 프링크가에 하사하려는지 알게 되었다.

간단하게 말해 내가 해안선 한쪽을 방어해 주길 바라는 것이다.

"그게 뭐 어때서?"

"…응?"

"엔트 할아버지가 위험에 처하는 걸 보고 싶지 않아. 또한 네가 슬퍼하는 것도 싫고."

"아우스……."

"줄 때 받아버려. 전쟁이야 길어야 몇 년이고 영지는 행크 형님도 이어받을 수 있잖아."

"하지만……."

"어차피 전쟁이 일어나면 산속에 홀로 살 것이 아니라면 어디에선가 싸우게 되어 있어. 이왕 싸워야 한다면……."

손발이 오그라드는 것 같아 '네 옆에서 싸우고 싶다'라는 말은 하지 못했다. 그러나 그것만으로도 충분히 알아들었는지 에리안은 기뻐했다.

그 모습에 피식 웃으며 말했다.

"다음부턴 그런 일로 끙끙대지 말고 말해. 웬만하면 네 부탁은 거절하지 않을 테니까."

"…응!"

"그럼 허락하면 언제 받게 되는 거야? 당장에 하사받게 된다면 굳이 집을 고칠 이유가 없잖아. 아니다, 수도에 한 채쯤 있는 것도 괜찮겠지?"

"시간이 좀 걸릴 거야."

"왜? 이왕 주는 거 빨리 줘야 전쟁 준비도 할 거 아냐?"

"영지를 주는 대신 조건을 걸었거든."

"가지가지 한다. 영지 하나로 아주 뽕을 뽑네, 뽕을 뽑아. 무슨 조건인데?"

"정확하게는 모르겠는데 발칸 산맥 탐사대래."

발칸 산맥이라고 하니 탈출할 때가 떠올랐다.

'잘들 지내나. 몰린은 말 더듬는 버릇은 고쳤을까?'

몰린, 지온, 모리스, 리브, 살틴, 스펜, 부르터.

모두의 얼굴이 스쳐 지나갔다.

"언제 가는데?"

"당장은 힘들어. 왕국 정보국의 일도 많고 기사단과의 수련도 한창 진행 중이라. 한 달, 어쩌면 전쟁 바로 직전에 갈 수도 있어."

"음, 꼭 네가 가야 하는 거야?"

"그렇진 않지만 영지를 받으려면 어쩔 수 없어. 그게 표면상 조건이니까."

"그럼 내가 대신 갈까?"

"네가?"

"응. 이곳저곳 구경도 할 겸 다녀오면 되지 않을까?"

"그래주면 나야 편하지. 한번 말해볼게. 고마워."

"응~"

식사는 엔트 할아버지가 내려올 때까지 계속되었다.

42장
발칸 산맥

　발칸 산맥 탐사대. 정식 명칭은 발칸 산맥 몬스터 연구 탐사대.

　발칸 산맥의 몬스터들의 동향과 생태를 파악하기 위해 짧게는 수년, 길게는 수십 년에 한 번씩 탐사가 이루어지고 있다고 했다.

　"또 봅니다, 아우스 경."

　"이러다 정분나겠습니다, 제이 경."

　"전 여자를 좋아합니다. 아! 페리 연구원님을 두고 하는 말이 아닙니다."

　"쯧, 예나 지금이나 달라진 게 없네요. 제이 경도 내 스타일이 아니니 걱정 말아요."

제이의 옆에 서 있던 페리 연구원은 코를 찡그리며 말했다.

탐사대라고 해서 거창할 거라 생각했는데 나, 제리, 페리 이렇게 세 사람뿐이었다.

"같은 생각을 하고 있다니 다행이군요."

두 사람은 아는 사이인 모양이다. 그리고 둘 사이가 별로 좋지 않다는 것도 알 수 있었다.

"두 사람 아는 사이입니까?"

"안다기보단 예전 연구에서 본 적이 있습니다. 마법에 대해 고정 관념을 가진 채 연구를 한다고……."

"흥! 연구할 가치도 없는 사람을 보내주는데 연구가 제대로 될 리가 없죠."

제이가 고개를 절레절레 흔들며 퉁명스럽게 말하자 페리는 콧방귀를 뀌며 새침하게 쏘아붙였다.

"자자! 사랑싸움은 그만들 하시고 팀의 나아갈 바에 대해 말하죠."

"사랑싸움이라니……."

"그게……."

"아님 말고요. 페리 연구원님, 목적지 말고는 아는 게 없는데 설명 좀 부탁드려도 되겠습니까? 일단 차를 마시며 얘기하죠."

세 명뿐인 탐사대. 내 실력을 믿고 있는 건지 원래 소규모로 운영되는지 모르지만 내 입장에선 챙길 사람이 적을수록 좋았다.

또한 명목상이나마 탐사대의 경호를 책임지게 되었으니 연구 담당인 페리의 말을 들어봐야 했다. 참고로 제이는 수정구 촬영 담당이었다.

입을 쉬지 않고 놀리는 두 사람과 함께 외성의 카페로 가 이번 탐사의 목적과 기간에 대해 들었다.

"그러니까 두 달 안에만 과거 살펴봤던 지역만 돌아보면 된다는 얘기군요. 넉넉하군요."

말이 연구지 개인적인 생각으론 쓸데없는 짓에 불과했다. 셋만 보내는 걸 봐도 빤하다.

"발칸 산맥의 크기를 생각하면 시간이 부족해요. 더 늘어날 수도 있어요."

나이답지 않게 꽤 꼬장꼬장한 성격인가 보다.

그러나 난 두 달간 온전히 발칸 산맥을 돌아다닐 생각은 없었다. 물론 빨리 끝낼 생각도 없다.

"그건 진행 상황을 보면서 결정하기로 하죠."

발칸 산맥은 발칸, 뮤트, 도란스 삼국과 접해 있었다. 즉, 일단은 세 나라 중 한 곳으로 가야했다.

과거 그곳에 간 적이 있기에 몇 차례 텔레포트해서 갈 수도 있으나 텔레포트 탑이 있는데 굳이 그래야 할 이유가 없었다.

우린 일단 플린 왕국과 동맹을 맺고 있는 도란스 삼국으로 이동했다.

도란스 삼국은 뮤트 제국과 접한 볼트, 발칸 제국과 접한 칼트, 플린, 에스란 왕국과 접한 도튼 세 공국이 합쳐 이루어진 나라로 다른 나라와 달리 국왕이 아닌 세 공국의 귀족연합인 삼국귀족회의가 나라를 운영하고 있다.

또한 주변 강대국과 접한 지리적인 영향 때문에 중립국임을 내세워 나라의 안전을 도모해야 한다는 단점도 있지만 중계무역으로 대륙 최고의 상업 도시가 되었다는 장점도 있었다.

세 공국의 모두 맞닿는 곳에 세워진 도시 도란스.

물류의 중심지답게 텔레포트 탑만 세 곳으로 연신 많은 사람과 물건을 나르고 있었다.

"휴우~ 난전이 따로 없군. 예전보다 훨씬 더 복잡해졌네."

"아우스 경은 도란스 삼국에 와본 적이 있습니까?"

걸음걸음마다 어깨가 부딪힐 정도로 오가는 사람이 많은 대로를 질린다는 표정으로 보던 제이가 물었다.

"과거에요."

이번 삶에서 처음이지만 서커스단에 있을 때와 상인일 때 자주 왔던 곳이다.

"바로 베라칼로 가면 되는데……."

페리가 불만스럽게 중얼거렸다.

그녀는 텔레포트 탑에서 내리자마자 발칸 산맥과 접해 있는 칼트 공국의 베라칼로 가자고 했다.

"안전을 위해 수도에서 꼭 준비할 것이 있다니까요."

"…최대한 서둘러 주세요."

준비할 것은 없다. 그저 관광을 위한 핑계였다.

마음 한구석에서 몰린을 찾아볼까도 하는 마음도 있었지만 위치가 볼트라는 걸 빼곤 정확한 곳을 몰라 포기했다.

"죄송합니다. 방이 없습니다. 내일부터 시작하는 개국 150주년 축제 때문에 방이 동난 지 일주일 전입니다."

호기롭게 들어선 여관엔 방이 없었다.

하필 축제라니.

몇 곳을 더 다녀봤지만 마찬가지.

"준비할 것이 뭔지 모르겠지만 얼른 준비하고 베라칼로 가는 건 어때요?"

아무래도 페리의 말대로 해야 할 모양이다.

"안 됩니다! 발칸 산맥에 가는데 어설프게 준비하는 건 말도 안 되죠. 정 안 되면 노숙이라도 하면서 철저하게 준비해야죠!"

내가 아닌 제이의 말이었다.

그는 내일 있을 축제의 행렬에 있는 캠페인 걸에 눈이 가 있었다.

"흥! 축제 때문… 아니, 캠페인 걸 때문이 아니고요?"

"무, 무슨……!"

"발끈하는 거 보니 맞네. 일을 하러 왔다는 자각은 하는지, 쯧쯧!"

두 사람의 입을 막아버릴까 고민하는데 어린 종업원이 말했다.

"혹시 돈이 많으시면 회관 가까이로 가보십시오. 저택을 돌다 보면 손님을 받는 곳이 있을 겁니다. 가격이 비싸긴 하지만 아직 남아 있을 수도 있고요."

도란스 시티는 성이 없었다. 그러나 도시 중앙에 있는 삼국귀족회의관에 가까울수록 귀족들과 부유한 자들이 살고 있었다.

은화 한 닢을 던져주고 우리는 회관 근처로 걸음을 옮겼다.

회관에 가까워지자 저택이라고 불릴 만큼 큰 집들이 보였다. 괜스레 귀족들과 엮일까 오가는 사람들도 많지 않았다.

"여기 방이 있다고 적혀 있어요."

저택을 둘러보다 보니 '방 있음'이라는 종이가 붙어 있는 것이 보였다.

철문 안쪽에 집사로 보이는 사내가 서 있었기에 그에게 물었다.

"몇 개나 있습니까?"

"방 두 개 남았습니다. 1박 10금, 선불입니다. 최소 사흘 머물러야 하고 일찍 나간다고 해도 돌려주는 것 없습니다. 식사를 할 요량이면 1시간 전에 미리 주문하면 되고요."

"잘됐군요. 두 개 다 사용하기로 하죠."

"너무 비싸요. 넉넉하게 받아왔지만 탐사 기간을 고려하면 아껴 써야 해요."

탐사비를 가진 페리가 고개를 흔든다.

"걱정 말아요. 나 때문에 머물게 된 것이니 이곳 비용에 내가 내죠."

마나 집전진에 대한 특허권과 냉장고, 스피커 등 마법 용품에 대한 지분으로 받는 돈은 상상 이상이었다.

수도에서 집을 살 때 빼곤 쓸 일도 없어 고스란히 남아 있었다.

돈을 지불하자 사내는 문을 열어주며 숙소로 안내했다. 숙소는 큰 저택에 딸린 4층 별채에 있는 방으로 10금의 가치엔 부족했지만 상당히 깔끔하고 좋았다.

"축제를 구경하실 생각이면 옥상에서 구경이 가능하니 번잡한 걸 싫어하면 옥상을 이용하십시오. 혹 필요한 것이 있으면 방에 호출기와 메뉴판이 있으니 확인하고 알려주시면 됩니다. 참고로 절! 대! 저택 쪽으로 오면 안 됩니다. 안전을 보장할 수 없습니다. 또한 다른 방의 손님과 시비가 일어나면 왕국 군사가 출동하니 그 점 유념해 주십시오."

몇 가지 유의 사항을 알려준 사내는 편하게 쉬라는 말과 함께 사라졌다.

"나와 제리 경이 한 방을 쓰죠. 이곳에 머무는 동안 휴가라고 생각하고 각자 즐겨요."

관광을 하기 위함이라고 하지만 주렁주렁 달고 다닐 생각은 없었다.

　　　　　*　　　　　*　　　　　*

　수십 년 전의 기억과 비교하면서 다니는 관광은 나름 재미있었다.

　많은 곳이 변했지만 옛 모습 그대로 남아 있는 골목도 있었고 서커스단을 할 때 단골이었던 음식점 주인의 아들이 대를 이어 요리를 하는 모습도 보였다.

　마치 삶의 끝에 이른 노인처럼 추억에 잠겨 흐뭇하게 웃는 내 모습이 우스우면서도 시간을 내서 구경하길 잘했다는 생각이 들었다.

　요즘 머리를 어지럽히는 고민 역시 조금은 사라지는 기분이었다.

　남들이 볼 땐 매일 발코니 의자에 앉아 빈둥대는 것처럼 보일지 모르지만―빈둥대는 것이 아니라고 말을 못 하겠다만―나름 고민 중이다.

　광산을 탈출하고, 할아버지를 구하고, 원 없이 빈둥대고 나니 또렷한 목표가 없어진 것이다.

　그에 이리저리 휘둘리며 인생에 딱히 도움이 안 되는 일을 했지만 그마저도 이젠 짜증스럽다. 그러나 휘둘리는 것이 싫으면 목표를 정하고 나아가야 하는데 그것도 쉽지 않다.

　플린 왕국에 의탁해 적당한 영지를 얻어 영지를 발전시켜 볼까?

9서클에 이르기 위해 노력해 볼까?

마탑을 세워볼까?

상회를 만들어 본격적으로 돈을 벌어볼까?

자문에 대한 결론은 언제나 '귀찮다'였다.

아우스의 천성 때문인지 오지랖이 넓은 내가 사람을 다스린다면 사람들 쫓아다니다가 볼일 다 볼 가능성이 농후했고 수십 년, 수백 년이 걸릴지 모르는 9서클에 전념하기엔 인생 낭비 같았다.

서클이 올라갈수록 세상사 모두 허무해진다고 한다더니 내가 딱 그 짝이다.

물론 책에 적혀 있다고 반드시 진실은 아니다. 플린의 타칸 후작은 여전히 무공광이고 발칸의 테린 백작은 여전히 여자를 밝히지 않는가.

'혼자 할 수 있는 목표를 찾아야 해.'

권력? 수많은 이를 밟고 올라가야 하니 혼자 할 수 있는 게 아니다.

재력? 이미 충분히 벌고 있다. 산처럼 벌어보는 것도 나쁘지 않지만 제대로 쓰지도 못하면서 벌기만 하는 게 재미있을 수가 없다.

무력?

'그나마 이게 제일 나은가?'

넉넉잡고 전 대륙에 강자 100인 안에는 들 수 있는 무력.

잘하면 20위 안에 들지 않을까 싶지만 말 그대로 넉넉잡고.

혼자 할 수 있고 수십 년, 수백 년은 목표에 매진할 수 있으리라.

'피트의 뒤를 잇는 9서클 마도사'라는 타이틀은 마음에 들지 않지만 9서클이 되어 그의 흔적을 지워 버리는 것도 나쁘지 않다.

마음은 이미 무력 쪽으로 넘어가고 있었다.

와아아아아아아아아!

도시를 쩌렁쩌렁 울리는 함성 소리에 깊은 상념에서 깨어났다.

화려하게 터지는 마법 불꽃들, 열광하는 사람들, 세 공국의 기를 필두로 시작된 행진.

옥상의 편안한 의자에 앉아 대낮처럼 밝은 축제의 현장을 지켜봤다.

파도처럼 일렁이는 사람들의 물결에서 함께 어울려 보고 싶기도 했지만 편안하게 앉아 술을 마시며 구경하는 것도 좋았다.

"장관이네요."

도란스 시티에 머물기를 반대했던 페리도 마음에 드는지 들뜬 얼굴로 술을 마셨다.

행렬은 길었다. 삼국 깃발이 지나간 지도 10분이 넘었는데 아직도 끝이 나지 않았다.

서커스단 피에로 복장을 한 이들이 온갖 재주를 넘으며 지나갈 때였다.

좌측 저택 중 한 곳에서 마나 유동이 느껴졌다.

콰앙!

멀기도 했지만 크지 않은 폭발은 사람들의 함성 소리에 묻혀 다른 사람들에겐 들리지 않은 모양이었다.

혹시 연속적인 폭발이 일어날까 주의를 기울였지만 방금 전의 폭발이 끝인지 조용했다.

"아우스 경, 뭐 하세요?"

제이의 말에 그를 돌아보니 술을 많이 마셨는지 해롱거리는 얼굴로 잔을 들어 올리고 있었다.

건배하자는 뜻이리라.

술을 더 먹으면 쓰러질 것 같아 보였지만 제이와 페리 둘 다 술을 마셔서인지 티격태격하지 않는다는 점 때문에 그만 마시라는 말이 나오지 않았다.

"자자! 원~ 샷!"

쨍! 쨍!

제이는 나와 페리의 잔에 자신의 잔을 가볍게 맞댄 후 가득 찬 술을 들이켰다.

나도 피식하고 술잔에 입을 댔다.

탐사대 두 사람이 기분 좋아하는데 혼자 세상 근심 다가진 듯 고민하고 있어봐야 분위기만 해칠 뿐이다.

'……!!!'

술을 다 마셔가는데 익숙한 마나가 느껴졌다.

'설마……!'

술잔을 테이블에 올려놓고 일어나는데 제이가 물었다.

"아직 안 끝났는데 어디 가려고요?"

"화장실이요."

"급한가 보네요, 하하!"

제이의 말이 끝나기도 전에 옥상에 있는 사람들의 눈을 피해 투명화 마법을 펼쳤다. 그리고 바로 익숙한 마나가 느껴지는 쪽으로 날아갔다.

*　　　　*　　　　*

후욱! 훅!

얼굴을 제대로 알아보지 못하게 가면을 쓴 청년은 거친 숨을 내뱉으며 뒷골목을 달리고 있었다.

그리고 그를 뒤쫓는 사람들.

슈웅!

서늘함이 등으로 날아오는 게 느껴졌기에 얼른 좌측으로 몸을 날렸다.

콰직! 펑! 타다닥!

아이스 스피어, 파이어 볼 따위의 마법이 방금 그가 서 있던 곳을 지나쳐 벽에 부딪혔다.

바닥을 굴러 마법을 피한 청년은 그대로 일어서 다시 달리기 시작했다.

'이러다 잡히겠어.'

청년의 생각처럼 한 번 구를 때마다 뒤를 쫓는 추격자와의 거리는 좁혀졌다.

청년은 품을 뒤졌다. 그러나 거리를 벌릴 수 있는 마법 용품은 하나도 없었다.

또다시 뒤에서 느껴지는 마법의 기운.

똑같이 피하려 든다면 위험해질 거라는 걸 알았지만 다른 방도가 없었다. 좌측과 우측을 잠시 고민한 그는 우측으로 몸을 날렸다.

쉭! 휘릭!

암흑 계열인 바인드 마법이 날아와 다리를 묶었다.

이미 몸을 날린 후였기에 몸을 공처럼 말아 한 바퀴 굴러 착지를 한 후, 중단전의 마나를 이용해 바인드 마법을 끊어냈다.

그러나 거리는 고작 15미터.

바인드 마법이 연속으로 날아왔다.

'칫! 도망가긴 글렀군.'

쳐내든 피하든 추적자들에게 잡히는 건 기정사실이었다.

이왕 이렇게 된 거 순순히 잡힐 수는 없었다.

단검에 하단전의 기운이 맺히면서 날아오는 바인드 마법을 잘랐다. 빠르게 잘랐지만 그 짧은 순간 거리가 좁혀지기에 충분했다.

"놈!"

추적자 중 가장 앞서 뛰어오던 중년 남자의 짧은 한 마디가 그들의 분노를 짐작케 한다.

'아직 한 명이 남았는데……'

5년간 원수를 찾았고 2년에 걸쳐 다섯을 죽였다. 그럼에도 불구하고 아직까지 죽여야 할 자가 한 명 더 남아 있었다.

권력 다툼이라는 미명하에 그의 부모를 죽이고 자신의 삶을 통째로 바꿔 버린 놈들.

죽음이 두려웠다면 절대 하지 않았을 것이다. 죽인 다섯 중 그보다 약한 자들이 한 명도 없었지만 실패를 한 적이 없었다.

때론 몰래, 때론 그 아래에서 더러운 일을 하면서 기회를 노렸고 성공했다.

오늘도 계획은 완벽했다.

축제를 구경하기 위해 저택 발코니에서 구경하고 있던 원수를 폭사시킨 후 혼란한 틈을 타 떠났으면 그만이었다. 그러나 일이 꼬이려고 했는지 폭파 직전 원수 놈이 화장실을 간다고 일어난 것이다.

결국 당황해하고 있는 놈을 직접 죽여야 했고 그 때문에 폭발 소리를 듣고 달려오던 기사단에게 들키고 말았다.

청년은 파이어 볼을 만들어 쏘며 이를 악물고 마주 오는 자들에게 뛰어들었다.

일곱 명의 기사단 중 그보다 약한 사람은 없었지만 순순히 잡힐 생각은 추호도 없었다.

모두 다 죽일 수 있다면 좋겠지만 그가 생각하기에도 불가능이었다. 다만 탈출이 불가능하다면 한 명이라도 더 데리고 갈 생각이었다.

"일단 알아볼 것이 있으니 머리만은 남겨두어라!"

중년 부기사단장의 말에 달려들던 청년은 한쪽 입꼬리를 올렸다.

'그래준다면 나야 좋지.'

죽이는 것보다 죽이지 않고 제압하는 게 더 어려운 법. 가면 청년은 뛰어들자마자 쉴드를 펼치며 가장 약한 자를 노렸다.

팅! 팅! 빠직!

4서클 쉴드 마법이 버틸 만큼 일곱 기사의 공격이 만만치 않았다. 달려들기 무섭게 산개하며 펼치는 공격에 여지없이 부서졌다.

그러나 그 짧은 틈만으로도 충분했다. 점찍어둔 가장 약한 기사를 쫓아가며 단검을 찔렀다.

푹!

"쉴… 컥!"

뒤에 벽이 있음을 염두에 두지 못한 기사는 숨넘어가는 소리 내뱉었다. 움찔거리면서 청년을 떨어뜨리려 했지만 청년의 손길은 거침이 없었다.

배에서 비틀려 나온 단검은 순식간에 그의 경동맥에 다시 박혔다.

소름이 끼치도록 깔끔한 솜씨.

기사가 청년의 복수 대상은 아니었지만 살기 위해 죽여야 했다.

한 명을 죽이긴 했지만 청년도 무사하지 못했다. 쉴드를 펼쳤을 때 기사들이 쏟아낸 마법의 일부가 그의 발과 어깨를 스쳤다.

청년은 죽은 기사가 쓰러지기 전에 이미 다음 약한 상대를 향했다.

으득!

"빌어먹을 놈! 숨만 붙어 있으면 되니 사정을 봐주지 마!"

부기사단장은 조금 전에 내린 명령이 기사들의 발목을 잡고 있음을 깨닫고 얼른 말을 바꿨다. 그러곤 곧장 청년을 향해 여러 개의 바인드 마법과 마나 주먹을 날렸다.

"아이스 스피어!"

청년이 다가오는 것을 본 기사는 흔들리는 눈동자로 마법을 쏘았다.

'쯧! 우물 안에 개구리 같으니라고.'

일대일 대련이었다면 청년이 이기기 힘든 상대였다. 그러나 이들은 실전을 제대로 겪어보지 못한, 말뿐인 마법 기사들이었다.

제거할 몬스터도 거의 없고, 도적질을 하지 않아도 먹고살 일이 많으니 도적도 많지 않았다. 설령 도적단을 처리할 일이 실력을 온전히 발휘할 만큼 강한 도적단은 눈 씻고 찾아봐도 드물었다.

자연 귀족가의 기사가 되고도 전투를 경험해 보지 못한 이들이 수두룩했는데 눈앞에 있는 기사도 그런 이들 중 하나였다.

속으로 혀를 찬 후 앞에서 날아오는 아이스 스피어를 허리를 비트는 것으로 피했다. 그리고 기사에게 단검을 꽂으며 그대로 바닥에 누였다.

"크아악!"

뒤에서 기사들이 날린 마법이 단검이 꽂힌 기사에게 맞았다. 그러나 모든 마법이 그런 건 아니었다.

퍼억!

'큭!'

둔탁한 해머로 등을 맞은 듯한 충격이 전해졌다. 이어 바인더 마법이 그를 묶었다. 바인드 마법을 풀기 위해 잠깐 머뭇거리는 사이 양 허벅지에 아이스 스피어가 박혔다.

눈이 고통에 찡그려졌지만 비명을 토하진 않았다.

청년은 마법에 적중되었음에도 한 명이라도 더 죽이겠다는 듯 일어나려 했다. 그러나 다시 마법이 쏟아졌고 허리춤에서 새로 꺼낸 단검마저 놓쳤다.

'…여기까지인가?'

중단전도 하단전도 움찔할 뿐 더 이상 움직이지 않았다. 그저 본능적으로 일어나려 꿈틀댈 뿐이다.

"이 빌어먹을 자식!"

부기사단장이 엎드려 있는 그를 번쩍 들어 벽으로 내팽개쳤고 청년은 등을 기대고 앉아 있는 모양으로 박혔다.

"…큭! 크크… 크크크!"

청년은 모든 것을 포기하고 나자 웃음이 나왔다. 마지막 한 명을 죽이지 못한 것이 아쉽긴 했지만 넷을 죽인 것으로 위안이 되었다.

"고문을 당하고도 웃음이 나오나 보자. 그나저나 일단 얼굴부터."

쫙!

부기사단장은 청년의 복면을 찢었다. 그리고 들어나는 얼굴.

"…살루틴, 네놈이 왜……?!"

살루틴은 5개월 전에 새로운 기사단 모집을 통과하고 들어온 막내 기사였다. 평소 싹싹하고 성격이 좋아 기사단에서 꽤 평이 좋았다.

의아함은 곧 배신감과 분노로 바뀌었다.

으득!

"오늘을 위해 잠입을 한 거였나? 살루틴!"

부기사단장은 당장 죽일 듯이 다가오며 물었다. 그에 청년

살루틴은 피식 웃으며 답했다.

"킄킄! 맞아."

"누구의 지시인가?"

"지시? 개인적인 원한일 뿐이야."

"훙! 그 말을 믿을 거라 생각하나? 답하기 싫어도 곧 말하게
될 거야."

"훗. 그러시던지."

고문을 하려는지 뾰족한 단검을 뽑으며 다가오는 부기사단
장을 보고 살루틴은 피식 웃었다.

진실을 말했는데도 믿지 않는데 어쩔 수 없었다.

'아빠… 엄마……'

이젠 얼굴마저 희미해져 가는 부모님을 떠올리며 눈을 감
았다. 부모님에 이어 몇 명의 얼굴이 더 떠올랐다.

'아우스 그 녀석도 몰린처럼 많이 컸겠지? 싸가지는 여전히
없을 테고.'

살루틴의 진짜 이름은 복수를 위해 도란스 삼국으로 넘어
온 살틴이었다.

아우스에 이어 함께 발칸 산맥을 넘어올 때 함께했던 이들
이 떠올랐다.

'정말 죽을 때가 됐나 보네. 그딴 녀석들이 생각나다니…
어라, 뭐지?'

피식 웃으며 추억을 떠올리는데 갑자기 앞에 서 있던 기사

들이 일제히 쓰러지는 게 느껴졌다.

감고 있던 눈을 뜨자 쓰러진 기사들 뒤의 배경 중 일부가 일렁이는 게 보였다. 그리고 곧 일렁임이 사라지며 검은색과 흰색이 조화를 이룬 기사 정복을 입은 남자가 나타났다.

검은색 머리, 검은 눈동자, 쌍꺼풀이 없어 일견 날카로워 보이면서도 살짝 처진 눈썹으로 인해 전체적으로 연약한 인상을 주는 얼굴.

방금 전에 떠올렸던 얼굴 중 하나가 5년쯤 지나면 앞에 얼굴이 되지 않을까 싶다.

"…아, 아우스?"

"이런 곳에서 만나게 되네, 샬틴 형."

"…네, 네가 여긴 어떻게?"

"우연히요. 그나저나 인사는 조금 이따가 하고 일단 치료부터 하죠. 리커버리!"

시원한 마나가 샬틴의 몸을 감쌌다. 양 허벅지의 구멍이 메워지고 화끈거리던 등과 부러진 것 같던 척추도 멀쩡해졌다.

"리, 리커버리?"

샬틴은 몸이 멀쩡해지는 것보다 아우스가 7서클 마법인 리커버리를 펼치는 것에 더 놀랐다.

"후후! 내가 좀 잘났잖아."

말하는 꼬락서니가 더 재수가 없어졌다.

"…재수 없는 건 여전하네."

"형 성격에 어디 가서 칼 맞아 죽을 거라곤 생각했는데 이곳에서 이러고 있을 줄은 몰랐네. 아까 폭발한 게 형이 한 짓이야?"

"알아봐야 좋을 게……."

"잠깐! 경비대원들이 오나 보네. 일단 자리를 피해야겠다."

말을 끊은 아우스는 살틴의 옆으로 와 다시 마나를 움직였다. 그에 살틴이 살짝 물러나며 물었다.

"잠깐만, 이들을 죽인 거야?"

"아니, 잠깐 기절시킨 것뿐이야."

"안 돼! 죽여야 해."

살틴은 떨어져 있던 단검을 쥐고 쓰러져 있는 이들의 뒷덜미에 차례차례 찔러 넣었다.

아우스가 왜 이 자리에 있는지 모르지만 살아난 이상 마지막 남은 한 놈을 위해서라도 아직 얼굴이 밝혀져서는 안 됐다.

모두 죽이고 단검을 닦고 일어나자 아우스는 살짝 인상을 찌푸렸다.

"왜? 구해준 게 후회돼?"

"아니, 형도 참 힘들게 산다 싶어서. 경비대 들이닥치겠다. 일단 자리 옮기자."

마나와 룬어가 휘돌며 두 사람은 골목에서 사라졌다.

도란스 시티 외곽의 한적한 골목으로 이동한 두 사람은 주점으로 들어갔다.

축제 때문인지 손님이라곤 한 테이블뿐이었다.

"반가워, 살틴 형."

자리에 앉자 아우스가 빙긋 웃으며 말했다.

"나도, 고맙다."

살틴 역시 반갑고 궁금한 것이 많았지만 성격 탓인지 짧게 답했다.

"성격은 안 고쳐지나 봐? 아니다. 예전보다 심해진 건 같은데?"

"더 이상 어린애가 아니니까."

"내 눈엔 딱히 어른처럼 보이지도 않는구먼. 그동안 계속 이곳에 있었던 거야?"

이죽거리는 것 같지만 반가워서 하는 말임을 알기에 무시했다.

"…넌? 구한다는 사람은 구했냐?"

"다행스럽게도."

"지금은?"

아우스가 몰린과 아이들의 부모를 찾아주고 떠났다는 소리를 블랙에게 들었었다. 그리고 얼마 전 아우스를 찾으면 꼭 연락하라는 명을 받았다.

물론 알릴지 말지는 아직 염두에 두고 있지 않았다.

아우스는 자신이 어떻게 살았는지에 대해 담담하면서도 간략하게 말했다. 말은 쉽게 해도 표정을 보니 꽤 고생한 모양이다.

"형은?"

"부모님 원수를 알아내고 복수에 여념이 없었지. 이제 마지막 한 놈 남았다. 7서클 마도사라는 게 문제이긴 하지만 말이야."

"…도와줘?"

한편으론 도와달라고 하고 싶었다. 그러나 죽더라도 자신의 해야 할 일이었다.

우연찮게 만났지만 아우스에겐 아우스의 삶이, 자신에겐 자신의 삶이 있는 법이었다.

"훗! 7서클 마도사라고 했는데도 그렇게 말하는 걸 보니 꽤 자신감이 있나 보네. 됐다, 복수는 내 손으로 해야지. 근데 너 몰린이 어떻게 사는지는 알아?"

화제를 돌렸다.

"볼트 공국에 있다는 건 알아. 형은 알아?"

"6개월 전쯤에 우연히 봤어. 녀석이 알은척하지 않았으면 몰라볼 만큼 바뀌었더라. 길게 얘기하진 못했는데 겁 많은 녀석이 멜보 백작가의 기사로 있대."

"다른 애들은?"

"글쎄, 블랙의 말로는 잘들 있대."

"녀석들도 한 번쯤 보고 싶네."

대화가 1시간쯤 이어졌다. 공통점이 광산인지라 같이 탈출했던 이들의 소식이 대화의 주였다.

"살아 있으면 다시 보자."

두 잔째 맥주를 비운 살틴은 일어났다. 아우스를 계속 보고 있자니 뮤트 제국의 수도에 있을 때처럼 복수를 잊고 안주하고 싶다는 생각이 고개를 쳐들었다.

"응, 자! 줄 게 이거밖에 없네."

아우스는 두툼한 종이 뭉치를 내밀었다. 자세히 보니 마법이 그려진 스크롤이었다.

"나야 언제든 만들 수 있는 거니까 부담 갖지 마. 팔아먹든 복수를 위해 쓰든 형 내키는 대로 해. 형 말대로 다시 봐."

복잡한 표정으로 빙긋 웃는 아우스와 스크롤을 번갈아 보던 살틴은 알았다는 듯 스크롤을 품속에 넣었다. 그리고 그대로 돌아서 밖으로 나와 어두운 골목으로 뛰어갔다.

'고맙다, 아우스. …다시 볼 수 있길 바랄게.'

뒤에서 시선이 느껴졌지만 돌아보지 않았다.

애써 무심한 척했지만 이별은 살틴에게 여전히 어려운 일이었다.

*   *   *

뮤트 제국과 접해 있는 볼트 공국은 국토의 3분의 2가 작고 높은 산으로 이루어져 있다.

천 년 전만 하더라도 엘프족과 몬스터, 야생동물들이 우글거리는 곳이라 화전민을 제외하곤 살지 않던 곳이었다. 그러나 점차 몬스터가 사라지고 엘프족마저 터전을 어디론가 옮기면서 인간의 차지가 되었다.

거친 야생동물과 싸우면서 땅을 일군 이들의 후손들이 사는 곳답게 볼트인들은 꽤 호전적이고 거침없는 성격이었다.

산으로 둘러싸인 분지에 위치한 도시, 멜보.

분지 중앙의 완만한 언덕 위에 멜보를 다스리는 멜보 백작가의 성이 있다. 과거 야생동물들과 몬스터의 침입을 막기 위해 지어진 곳답게 튼튼해 보이는 성벽이 인상적이다.

부유한 주민들이 주로 사는 외성을 지나 더 안으로 들어가면 내성 겸 백작의 저택이 나왔다.

"하압!"

"얏!"

내성 한쪽에 위치한 기사단의 훈련장엔 기사들이 한창 수련 중이었다.

쥐가 뜯어 먹은 방처럼 너덜너덜해 보이는 바위를 향해 마법을 발사하는 이들도 있고 구석에 앉아 마나 수련을 하는 이들도 있다.

그들 중 가장 눈에 띄는 이들은 당연 연무장에서 대련 중인 두 사람이다.

땅딸막한 키에 굴러다닐 것처럼 통통한 중년 사내와 2미터는 족히 될 듯 보이는 거구의 남자가 치열하게 대련 중이다.

퉁퉁한 사내는 주로 마법을 사용했고 거구의 남자는 검과 마법을 적절히 섞고 있는데 퉁퉁한 쪽이 받아주는 모양새다.

"블링크! 파이어 월!"

퉁퉁한 사내는 연무장 끝까지 밀리자 블링크로 거구의 청년의 뒤로 간 후 불의 장막을 세웠다.

대련이라기엔 꽤나 흉흉하다.

타오르는 불길의 한 부분이 쫙 갈라졌다. 그리고 '치익!' 하며 물 증발되는 소리와 함께 거구의 사내가 불길을 가르며 검기를 두른 검을 뻗었다.

"쉴드!"

퉁퉁한 사내는 자신이 아닌 거구의 청년에게 쉴드를 펼쳤다. 방어이면서도 공격으로 그가 꽤 자주 쓰는 수법이었다.

청년은 검을 가볍게 내려 긋는 것으로 쉴드를 잘라냈다. 그러나 그 잠시의 주춤거림만으로도 불을 가르며 행한 공격은 의미가 없어졌다.

"몰린 경, 오늘은 여기까지 하자."

"…예, 벌킨 단장님. 수고하셨습니다."

2미터 가까운 거구의 청년이 바로 몰린이었다. 더듬거리지 않기 위해 머릿속으로 생각하고 내뱉는지 그의 말은 약간 느린 편이었다.

몰린은 검을 집어넣은 후 오른손을 심장에 대고 살짝 고개를 숙였다.

볼트 공국 특유의 인사법이다.

'내가 검술에 대해 더 잘 알았더라면 조언해 줬을 텐데······.'

벌킨 남작은 인사를 하는 몰린을 보여 아쉬워했다.

현재 익스퍼트인 그를 마스터로 이끌어주고 싶은데 그가 해줄 수 있는 건 대련밖에 없었다.

마법의 재능도 나쁘진 않았다. 그러나 신은 공평한지 머리가 나빠 1년 전에 4서클에 이르렀지만 현재 그가 쓸 수 있는 4서클 마법은 쉴드가 전부였다.

그러기에 더욱 검술 쪽으로 연마를 해야 하는데 그를 가르칠 사람을 찾기가 쉽지 않았다.

'아직 어리니 천천히 지켜보자.'

늦어도 10년 정도면 마스터에 들 수 있을 터. 그때 디킨을 도와 멜보 백작가를 수호하게 할 요량이었다.

디킨은 벌킨의 아들로 몰린의 누나와 결혼한 사이였다. 즉, 벌킨과 몰린은 사적으로 사돈지간이었다.

짝짝!

몰린에게서 시선을 돌린 벌킨은 박수로 기사단의 시선을 주목시킨 후 말했다.

"퇴근할 사람들은 퇴근하도록."

벌킨의 말에 기사단 숙소에서 머물지 않는 이들은 수련을 멈추고 외성으로 향했다. 몰린 역시 외성에서 부모님과 함께 살고 있었기에 선배 기사들에게 인사를 한 후 걸음을 옮겼다.

"여~ 몰린, 퇴근하냐?"

성벽에서 근무를 서고 있던 디킨이 웃으며 손을 흔든다.

"네, 매형. 고생하세요."

디킨을 보는 몰린은 인상에 어울리지 않게 헤헤거리는 모습이었다.

가족을 제외하곤 그가 가장 좋아하는 사람이었다.

'아! 아우스도 빼고.'

문득 몰린은 아우스를 떠올렸다.

볼트 공국으로 넘어온 몰린은 부모를 만나게 되었다. 그리고 상봉의 기쁨을 만끽한 후 열어본 편지엔 작별 인사가 적혀 있었다.

'거짓말쟁이……'

텔레포트 탑에서 헤어질 때 짓던 표정을 지금 생각해 보면 왜 그가 떠날 것이라는 걸 몰랐는지 스스로가 이해가 되지 않았다.

몰린도 이젠 아주 약간이지만 어른이 되었다.

"몰린! 이제 퇴근하는 거야?"

주점을 하는 쉴러의 딸 메이린이다.

"…으, 응."

"저녁에 시원한 맥주 마시러 와. 네가 좋아하는 돼지고기 수육도 해뒀어."

"시, 시간 되면."

몰린은 고개를 돌리며 걸음을 재촉했다.

왜 메이린만 보면 심장이 뛰고 겨우 고친 말 더듬는 버릇이 나타나는지 이해가 되지 않았다.

다만 저녁에 맥주를 마시러 쉴러 주점에 가야겠다는 생각은 확실해졌다.

조금 더 걷자 2층 건물이 보였다.

1층은 마법 용품 가게였고 2층은 가정집이었다.

가족 상봉 이후 멜보 영지에서 머물게 된 몰린은 누나와 함께 부모님이 하는 마법 용품 가게를 도왔다.

편지에 마법과 검술을 게을리하지 말라는 내용이 있어 수련은 했지만 딱히 싸우는 걸 좋아하지 않던 몰린은 기사나 병사가 될 생각은 없었다.

한데 누나와 사귀고 있던 디킨이 우연히 그의 수련 모습을 본 후 기사 추천을 받게 되었고 그에 기사가 되었다.

"어? 어디 가셨나?"

가게 문은 닫혀 있었고 부모님의 기운이 전혀 느껴지지 않았다.

데이트를 갔나 생각하며 2층으로 올라갔다.

……!!!

문을 열고 들어가려던 몰린은 신발장에 붙어 있는 쪽지를 보고 놀란 표정으로 바뀌었다. 그리고 차츰 일그러지기 시작했다.

네 부모는 내가 데리고 있다. 혼자 포트란 숲으로 오도록.

종이를 와락 잡아챈 몰린은 손이 하얘지도록 주먹을 움켜쥔 채 포트란 숲으로 뛰어갔다.

'누구지? 누가 부모님을……'

아무리 생각해 봐도 원한이 있는 사람이 없었다. 굳이 있다면 광산을 탈출할 때 쫓아왔던 탐스 정도. 혹시 멜보 백작에게 원한이 있나?

별의별 생각이 그의 머리를 어지럽혔지만 그의 발걸음을 느리게 만들진 못했다.

멜보 영지 서쪽 외곽에 있는 포트란 숲은 과거 마녀가 살았다고 전해지는 곳으로 밤이 되면 꽤나 으스스해 찾는 이들이 거의 없었다.

노랗게 변한 해를 포트란 숲이 조금씩 먹어치우며 어두워져 갈 때쯤 몰린은 숲 앞에 이르렀다.

"…왔다! 누구냐!"

마나를 담아 외쳤다.

쪽지를 남긴 자가 나타나길 기다렸다.

부스럭!

오른쪽 50미터 지점에 웬 복면 사내가 나타났다.

몰린은 바로 몸을 날렸다. 그런데 복면 사내는 가타부타 말

없이 다시 숲으로 들어가 버렸다.

"거, 거기 서!"

감각을 확장하며 숲으로 따라 들어갔다.

상당히 빠른 자였다. 하지만 현재 속도라면 놓치지 않을 자신 있었다.

그러나 그의 생각을 비웃기라도 하는지 복면 사내는 연기처럼 사라져 버렸다.

몰린은 걸음을 멈춘 후 감각을 곤두세우며 외쳤다.

"…나에게 바라는 게 뭐지? 부모님은 무사한가? 불렀으면 나타나 말을 해라!"

슈루룩! 쉬릭!

대답 대신 주변 환경이 급변했다.

멀쩡하던 나무들이 살아난 듯 줄기와 뿌리를 이용해 공격해 왔다.

검을 꺼냄과 동시에 파이어 볼을 만들어냈다.

스각! 스각! 스각! 펑!

집요하게 파고드는 뿌리와 줄기를 잘라내고 커다란 몸통에 파이어 볼을 터뜨렸다. 그러나 워낙 큰 나무라 그을음만 생겼을 뿐이다.

나무 괴물의 공격은 계속됐다. 한데 잘라도 잘라도 다시 재생되며 공격해 왔다.

'이대론 안 돼. 몸통을 놀려야겠어.'

"이얏!"

몰린은 기합을 내지르며 발을 박찼다. 진한 검기를 두른 일 검에 다가오는 세 개의 뿌리와 두 개의 줄기를 자른 후 빙글 한 바퀴 돌며 힘을 극대화시켜 나무 괴물을 베었다.

쿠아아아아아앙!

반으로 잘린 나무 괴물은 고통의 비명을 지르며 쓰러졌다.

죽였다는 기쁨도 잠시, 나무 괴물은 한 마리가 아니었다. 동 료의 비명 때문인지 숲의 나무 전부가 서서히 움직이기 시작 했다. 그리고 수십 개의 줄기와 뿌리가 사방팔방으로 창처럼 찔러왔다.

파바바박! 파바바바박! 파바바바박!

웬만한 공격은 쉴드로 막으며 검을 휘둘렀다. 그가 한 번 검을 휘두를 때마다 예닐곱 개의 뿌리와 줄기가 잘려 나갔지 만 분위기는 결코 좋지 않았다.

'이대론 당한다!'

점점 상처가 늘어났다. 일단 살아야 부모도 구할 수 있을 터. 일단 숲을 벗어나기로 했다.

단전의 힘을 끌어 올렸다.

새파란 검강이 검에 맺혔다. 마스터가 아닌 엑스퍼트가 만 든 것이라 거칠게 보였지만 거칠 것 없는 힘만은 다름없었다.

슉! 스슉! 슉! 슉!

나무 괴물이 쫓아오기 힘들게 뒤돌아 뛰며 앞에서 오는 공격들을 베었다. 스치는 것은 썩은 짚단처럼 떨어져 내렸다.

'기껏해야 3분. 그 전에 탈출해야 해.'

3분이 지나면 하단전이 빌 것이다. 그와 함께 약간의 허탈감이 찾아올 텐데 탈출하지 못하면 죽을 수밖에 없었다.

정말 번개처럼 달리며 수십 그루의 나무 괴물을 베었다. 한데 이미 숲을 벗어났어야 했는데 숲의 끝은 보이지 않았다.

3분이 지났다. 새파랗게 빛나던 검은 힘을 잃었고 막 잘라 가던 나무에 절반쯤 박혀 뺄 수가 없었다.

휘릭! 휘리릭!

나무뿌리가 다리를 붙잡았다. 줄기가 팔과 목을 붙잡았다. 메말라 버린 하단전으론 움쩍달싹할 수 없게 되었다.

"제법이군."

그제야 복면 사내가 나타났다. 어떤 놈인지 자세히 보려 했지만 뿌연 물속을 들여다보는 것처럼 흐릿했다.

"…도대체 나에게 왜 이러는 거야?"

"그냥 개인적인 원한이 있다고 해두지."

"…원한이 뭔지는 모르겠지만 부모님은 놔줘."

"훗! 일단 좀 때리고 말하자."

사내는 바닥에 떨어진 나무뿌리 중 하나를 주워 다가왔다. 그리고 다짜고짜 때리기 시작했다.

퍽! 퍽! 퍽! 퍽!

"크윽! 큭! 큭!"

등을 시작으로 등을 거슬러 머리까지. 다시 머리에서 배꼽까지 온몸의 뼈가 흔들릴 정도로 강한 충격이었다.

도대체 자신에게 무슨 원한이 있어서 이러는지 생각해 보려 했지만 연속적인 매타작은 생각을 할 수 없게 만들었다. 그저 버티는 게 다였다.

얼마나 맞았을까?

혹시 너무 많이 맞아 미친 걸까?

감각이 없어진 건지 때리는 고통은 점점 사라지고 왠지 모를 희열감이 느껴지고 있었다.

'어라? 같은 곳만 때리는 건가?'

고통이 사라지자 머리가 돌아간다.

복면 사내는 꼬리뼈부터 머리로 올라갔다가 배꼽까지 내려오는 모양새다. 또한 인중 부근을 때리는데 코나 입에 피가 나지도 않는다.

심지어 때리면 때릴수록 단전의 힘이 차오르며 하단전의 기운이 때리는 곳을 따라 돌았다.

'설마 날 위해 때리는 건가?'

더 맞고 싶다는 생각이 들 정도다.

"헉헉! 빌어먹을 몸뚱이 같으니. 어떻게 때리면 때릴수록 강해지지."

복면 사내는 지치는 헐떡거리며 숨을 골랐다.

'조금만 더 쉬어. 그럼 네놈 목을 비틀어 버릴 테다.'

하단전의 기운이 점점 강해지고 있었다. 살짝 힘을 줘보니 조금만 더 지나면 뿌리와 줄기를 끊어버릴 수 있을 것 같았다.

하지만 죽일 듯이 쳐다본 것이 문제가 되었다.

"하! 이 자식 봐라. 몽둥이로 때리니까 내가 우습게 보이나 보네."

사내는 검을 꺼내며 말을 이었다.

"네놈을 갈기갈기 찢고 네 부모를 죽여도 그런 표정을 지을 수 있을까? 아! 네 누이 참 예뻤던데… 흐흐흐!"

희미하지만 분명 혀로 입술을 핥고 있었다.

"그, 그러지 마."

"하하하! 그러지 말라면 '예, 알겠습니다' 할 줄 알았냐? 하지 말라니까 더 하고 싶어지는걸. 아니지, 즐기다가 팔아버리는 방법도 나쁘지 않겠어."

사내는 허벅지를 푹 찌르며 이죽거렸다.

분노 때문인지 아프지 않았다. 몰린은 눈앞의 사내를 찢어 죽일 듯이 노려봤다.

지금까지 오늘만큼 화가 난 적이 없었다. 아니, 한 번 있었다. 누나를 괴롭히는 놈들을 으깨 죽였을 때.

으득!

"가, 가족은 거, 건들지 마!"

"가, 가족은 거, 건들지 마. 푸헤헤헤! 말더듬이 새끼가 지랄을 한다. 건드린다면 어쩔 건데. 웅? 어쩔 거냐니까?"

복면 사내는 뺨을 철썩철썩 때렸다.

뿌득! 뿌득!

온몸의 근육에 힘이 들어가며 뿌리와 줄기를 밀어낸다. 또한 하단전의 기운에 분노가 더해지자 한순간 엄청난 기운이 거치적거리는 것들을 뚫어버리고 머리까지 치솟았다. 그리고 섬광이 터졌다.

콰앙!

순간 정신을 잃었지만 곧 정신을 차렸다.

하단전에서 나온 기운이 등으로 갔다가 머리를 지나 배로 내려와 다시 단전으로 내려갔다. 그리고 돌면 돌수록 점점 짙어졌다.

진해진 기운이 팔과 다리로 뻗어나갔다.

"으아~ 주, 죽여 버릴 테다!"

지금까지 단단한 그를 붙잡고 있던 탄탄한 뿌리와 줄기가 썩은 동아줄처럼 끊어졌다.

그리고 박혀 있던 검을 집는 순간 깔끔하고 깨끗한 검강이 몰린의 검에 씌워졌다.

'반드시 죽인다!'

복면 사내에서 시선을 떼지 않고 달려들었다. 그럼에도 불구하고 주변의 모든 것이 또렷이 느껴진다.

복면 사내는 다소 놀랐는지 뒤로 물러나며 검을 뻗었다. 검이 노리고 있는 심장이 찌릿할 정도로 흉흉한 한 수.

몰린은 오른발 끝에 힘을 주며 땅을 밟았다. 그리고 달려오던 힘을 이용해 점프를 하며 빙그르르 돌았다.

과과과과꽉!

그를 공격하던 줄기와 뿌리가 조각조각 나며 흩어진다. 몰린은 회전이 끝나갈 때쯤 복면 사내를 향해 검을 뻗었다.

콰앙!

바닥이 두부처럼 터져 나갔다. 땅만 때렸다.

몰린은 땅에 다리가 닿기 전에 다시 앞을 향해 검을 뻗었다.

단순해 보이지만 한 개였던 검이 두 개로, 다시 네 개로 늘어나며 사내를 짓이겨 갔다.

뒤로 물러난 복면 사내의 검에도 검강이 맺혔다. 그리고 사내 역시 검을 그었다.

쾅! 콰쾅! 콰콰콰콰!

두 사람이 부딪힐 때마다 주변은 점점 쑥대밭이 되어갔다. 나무 괴물들도 접근도 하지 못했다.

힘은 몰린이 우수했고 검술은 복면 사내가 더 나았다. 그로 인해 팽팽함은 30분을 넘게 이어졌다.

그러나 30분이 넘어가자 몰린의 검이 조금씩 변하기 시작했다. 사내의 검을 닮은 듯했지만 강력함은 그대로였다. 그래서일까, 사내는 한 발씩 뒤로 밀렸다.

'이길 수 있어!'

이길 수 있다는 자신감까지 붙자 몰린의 검은 날카로움까지 더해졌다.

'지금이다!'

좌상에서 우하로 짓이겨 오는 사내의 검을 본 몰린은 우측 어깨 쪽으로 검을 비스듬히 든 채 안으로 파고들었다.

쾅! 콰가곽!

아무리 자신이 힘이 강하다 해도 마스터가 내려치는 힘을 버텨야 했기에 검은 차츰 밀려 어깨에 닿았다.

"큭!"

검을 잡은 손에 힘을 주고 어깨를 움츠렸지만 손상을 입는 건 어쩔 수 없었다. 그러나 덕분에 놈의 품까지 파고들 수 있었다.

몰린의 차례였다.

"하압!"

내려치는 힘에서 벗어난 검은 생각보다 더욱 빠르게 움직였고 복면 사내의 몸통을 우에서 좌로 베었다.

"…잘했어."

마법까지 베었을까, 희미하게 보이던 복면 사내가 또렷하게 보였다.

'웃고 있다? 게다가 잘했다고……?'

반달처럼 휜 사내의 눈은 분명 웃고 있었다.

의아함을 느낄 틈도 없이 반 토막이 난 사내는 나타났을 때처럼 흔적 없이 사라졌다. 그리고 주위 환경이 바뀌었다.

"…뭐, 뭐지?"

몰린은 얼떨떨해하며 주변을 두리번거렸다. 복면 사내도 나무 괴물도 없었다. 그저 포트란 숲에 쑥대밭이라 할 만큼 커다란 공터가 만들어져 있었다.

"…좀 전의 그 눈빛, 어디선가 많이 보던 눈빛인데. 유, 유령이라도 만난 건가? 이힉!"

몰린이 가장 무서워하는 건 유령이었다.

당장에라도 울 것 같은 표정으로 부모를 찾아보던 몰린은 일단 다시 집에 가보기로 하고 몸을 날렸다.

포트란 숲을 빠져나가 멀어져 가는 그를 나무 꼭대기에 앉아 바라보는 이가 있었다.

아우스였다.

"어디 가서 맞고 다니진 않겠지."

아우스는 흘깃 자신의 찢어진 가슴팍을 보며 중얼거렸다. 그리고 잠시 후 아름다운 빛과 함께 사라졌다.

*　　　*　　　*

도란스 시티에서 칼트 공국의 라스트라다라는 도시로 이동했다.

라스트라다는 '길'이라는 뜻으로 뮤트 제국과 발칸 제국을 잇는 길옆에 있는 도시라 이런 이름이 붙었다.

과거 몬스터의 가죽과 뼈 따위를 거래하기 위해 왔을 때는 분명 마을이었는데 이젠 웬만한 백작 영지의 도시보다 컸다.

웬만한 남작에게도 없는 텔레포트 탑이 생긴 걸 보면 알 수 있었다.

"저쪽 구시가지 쪽으로 웬만하면 가지 마쇼. 제국의 범죄자들이 죄다 모이는 곳이라 위험하기 짝이 없소."

라스트라다는 구시가지와 신시가지로 나뉘어져 있었는데 도시 앞의 강을 건너면 있는 커다란 대로를 통해 뮤트 제국과 발칸 제국에서 도망 나온 자들이 속속 들어오면서 구시가지는 범죄자의 거리가 되었다고 한다.

물론 신시가지에서 모든 것을 구할 수 있어 그쪽으로 갈 생각도, 필요도 없었다.

"용병이나 짐꾼을 구해야 하나?"

제이가 구매한 물건을 보며 중얼거렸다.

세 사람이 한 달간 먹고 지낼 물품을 구했더니 물건만 한 가득이다.

"근데 용병과 짐꾼을 구하면 그들이 먹고 지낼 물건도 필요하잖아. 에이~ 최대한 줄여서 가야겠네. 엥? 이 옷들은 다 뭐야?"

짐을 줄이고자 정리를 하던 제이는 여자 옷을 보며 투덜거렸다.

"한 달 동안 지낼 건데 몇 벌은 필요해요!"

"그럼 두 벌만 가져가요. 씻고 말리면 되잖습니까."

"알았어요! 근데 이 많은 육포는 뭐예요!"

"먹고는 살아야 하잖습니까!"

"그렇다고 이렇게 많이 들고 갈 이유가 없잖아요. 정 가지고 가고 싶으면 반만 가져가요!"

두 사람은 여전히 아웅다웅이다.

그러나 자세히 보면 두 사람 사이에 묘한 기류가 흐르고 있었다. 처음과 달리 마치 내가 보라는 듯 싸우고 있었다.

'훗! 굳이 그렇게 안 해도 되는데.'

난 도란스 시티의 축제날 두 사람이 무얼 했는지 알고 있다.

살틴과 헤어진 후 숙소로 돌아왔을 때 제이가 방에 없어 감각을 넓혔다. 한데 웃기게도 그의 기운이 페리의 방에서 느껴졌다.

술기운에 일을 벌인 건지 그새 눈이 맞은 건지 모르지만 난 모른 척했다.

"사랑싸움 그만하고 적당히 챙겨요. 나머진 내가 알아서 챙길 테니."

"사, 사랑싸움이라뇨. 별소릴 다하십니다."

"…아, 아닌데요."

"네네."

물건을 적당히 나눴다. 혹시 헤어질 때를 대비해 두 사람의 가방에 생존에 필요한 음식과 물건을 일부 넣어주고 나머진 내가 챙겼다.

내 등에 멘 가방에 물건들이 끝도 없이 들어갔다.

"헐~ 아공간 가방입니까?"

"심심해서 만들어봤습니다."

가방이라고 하지만 그냥 네모난 나무 상자나 다름없었다. 혹시 몰라 만들어뒀는데 꽤 유용했다.

"…심심할 때 제 것도 부탁해도 되겠습니까?"

"하하! 아직까지 불완전해서 위험해요. 잘못하면 주변 10미터 정도는 사라져 버립니다."

못 만들어줄 것도 없다. 다만 용량을 크게 하다 보니 너무 위험했다. 자칫 잘못해서 가방이 뒤틀리기라도 하면 그냥 죽음이었다.

"으~ 그럼 안전해질 때까지 기다려야겠네요."

우리는 하룻밤을 신시가지에서 보낸 후 해가 뜨자마자 든든하게 아침을 먹고 출발 준비를 했다.

제이와 페리는 각각 큰 가방을 등에 멨다. 어째 제이의 가방이 두 배나 커 보였는데 근력과 서클을 생각하면 당연한 일이었다.

"7서클을 위해 하단전을 개발하려고……."

내 시선에 쓸데없는 변명을 하는 제이.

무시하고 신시가지의 남쪽 문을 빠져나와 강으로 갔다. 검문소가 있는 다리 앞에서 상당히 많은 사람이 있었는데 몬스터가 점점 사라지면서 발칸 산맥을 탐험하고 개발하는 이들이 많아졌다.

"세 분이서 가시는 겁니까?"

우리 차례가 되자 신분증을 확인하는 병사가 물었다.

고개를 끄덕이자 한마디 더한다.

"몬스터보다 사람을 조심하십시오. 구시가지에 있는 자들 중 일부가 발칸 산맥에서 약탈을 하고 있다는 정봅니다."

"고맙습니다."

도망자들은 대부분 조무래기에 불과했다. 4서클 이상 되면 용병이나 병사로 취직해도 먹고살 수 있는데 미쳤다고 산속에 박혀 도적질이나 하고 있겠는가.

물론 간혹 미친놈들도 있긴 하겠지만 우리가 신경 쓸 수준 은 아닐 것이다.

"와! 이 넓은 땅을 놀리고 있다니."

다리를 건너가자 제이가 대로의 크기에 놀랐다. 길이도 길 이지만 너비 또한 만만치 않다.

막 산을 올라가는 이들이 개미처럼 보였다.

사실 발칸 산맥의 둘레 길이라고 할 수 있는 이 대로는 농 작물이 자라기엔 최적의 옥토였다. 하지만 이 옥토를 중립 지 대처럼 내버려 둘 수밖에 없는 이유는 전쟁이 벌어질 때마다 길을 열라고 하는 제국의 횡포 때문이었다.

도시가 짓밟히는 것보단 싸게 먹히기도 했고 중계 수수료 가 비싸다고 하는 이들을 설득하기에도 좋았다.

웃기는 건 길을 만들어놓으니 싸우는 일이 없었다. 그저 중립국의 형태로 잘 먹고 잘사는 것이 배가 아파 짓밟고 싶었는지도 모른다.

산 앞에 도착하자 여러 갈래의 길이 있었다.

"가장 오른쪽 길로 가죠. 산맥을 빙 둘러 간다고 생각하면 될 거예요."

페리는 과거의 연구 지도를 보며 말했고 우린 발칸 산맥에 발을 내디뎠다.

*   *   *

"헐~ 여기도 사라졌군요."

과거, 근 백 년 전에 조사할 때 발견됐던 제법 큰 오크 마을은 텅 비어 있었다.

오늘만 벌써 네 군데. 닷새 동안 살펴본 곳 중 남아 있는 곳이 없었다.

다른 몬스터에 의해 망하기에 충분한 시간이니 사라졌을 수도 있었다. 그러나 그렇다면 주변의 새로운 몬스터 마을이 있어야 하는데 그런 흔적은 없었다.

"신기하네요. 여긴 멸족한 걸까요? 이동할 걸까요?"

페리는 폐허처럼 변한 마을을 둘러보며 중얼거렸다.

"오크의 뼈가 아닌 야생동물의 뼈만 있는 걸 보면 어디론가 이동했을 가능성이 더 높습니다."

수정구로 촬영을 하는 제이가 대답했다. 페리는 내 의견도 듣고 싶은지 눈빛으로 묻는다.

"저도 제이 경의 의견에 동의합니다."

멸족한 곳도 있었다. 그런 곳은 몬스터의 뼈와 싸움의 흔적을 금방 찾을 수 있었다. 한데 여긴 아니었다. 그저 어디론가 떠난 것이다.

"오늘은 여기서 쉬죠. 제이 경, 자리 좀 마련해 줘요. 전 사냥이나 다녀올게요."

어느덧 해가 서서히 지고 있었다. 아직 산등선에 걸리진 않았지만 금세 어두워질 것이다.

몬스터가 사라진—완전히 사라진 건 아니다. 어젠 아주 소규모의 오크 마을을 새로 발견했다—발칸 산맥은 야생동물의 천지였다.

특히 꿩 대신 닭이라고, 오크 대신 멧돼지의 개체수가 상당했다.

감각을 넓혀 주변을 탐색한 후 몸을 날렸다.

10분도 되지 않아 적당한 크기의—성인 남자만 한—놈을 잡았다. 야영지에서 피 냄새를 풍겨봐야 좋을 것이 없었기에 아예 손질과 뒤처리를 한 후 고기만 들고 돌아왔다.

제이는 주변의 나무를 모으고 잘 곳을 정리해 둔 상태였다.

"아우스 경이 사냥을 잘할 줄 알았으면 음식을 가져오지 말 걸 그랬습니다."

"그러게요. 한데 오늘도 요리를 하실 건가요?"

"오늘은 매운 찜과 구이 어때요?"

"좋아요!"

발칸 산맥이 위험 지역일지 모르지만 탐사대에겐 그냥 조금 위험한 뒷산 정도에 불과했다.

더 깊숙이 들어가면 어떨지 모르지만 외곽 지역은 몬스터와 야생동물보단 사람이 더 무서웠다.

닷새 동안 조난자인 양 다가와 본색을 드러낸 파티가 벌써 두 번 있었다.

지금은 다 발칸 산맥의 흙 아래 묻혀 있는 신세가 되었지만 말이다.

요리를 했다. 나름 재미있기도 했고 제이도 페리도 요리에 대해선 깡통이었다.

"정말 신기해요. 제이 경도 저렇게 할 수 있어요?"

"…아뇨, 전 암흑 계열은 젬병이라."

"저도요. 근데 아우스 경, 거짓말 말고 실제 나이가 어떻게 돼요?"

"스물하나요."

"정말 믿기지 않아요. 스물한 살에 8서클이라니. 게다가 마스터라면서요?"

"운이 좋았죠."

"그 운 조금만 나눠줘요."

"하하하! 안 돼요. 다른 사람의 운도 뺏어야 할 판이에요."

"왜요?"

"9서클에 매진해 볼 생각이거든요. 근데 나눠줄 수 있다면 제이 경한테 줘야겠죠?"

"아, 아니에요! 저도 마법을 잘하고 싶어요."

페리는 얼굴이 빨개졌고 제이는 딴청을 피웠다.

곧 저녁이 완성됐다.

구이와 찜, 거기에 빵과 야채, 술까지 더하자 아주 훌륭한 저녁 식사가 되었다.

양은 세 사람이 먹기엔 너무 많았다. 내일 세 끼 다 먹어도 못 먹을 정도였다.

술과 함께 세상 사는 얘기를 하며 배가 빵빵해질 때까지 먹었다.

"차는 제가 끓이겠습니다."

요리는 내가 잘했지만 차는 마탑에서의 경험이 많아서인지 제이가 훨씬 잘 끓였다.

베네초라고 해서 달콤쌉싸름한 맛이 일품인 차로 칼트 공국의 주요 수출품이었다.

"난 잠깐 바람 좀 쐬고 있을게요."

잔을 들고 폐허에서 조금 떨어진 곳에 위치한 커다란 나무 위로 올라가 자리를 잡았다.

"쩝! 저리들 좋을까."

두 사람을 위해 일부러 자리를 비켜준 것이다. 눈으로 보이진 않지만 두 사람이 뭘 하고 있는지 느껴졌다.

애써 두 사람의 감각을 지우고 점점 밝아지고 있는 밤하늘의 별무리를 구경했다. 그리고 머릿속으로 마나에 대해 생각했다.

9서클에 이루기 위해 가장 중요한 것이 무엇일까?

질문에 대한 나의 답은 '마나에 대한 이해'였다.

기생 드래곤(?)을 만나고 미나라는 이계인이 이 세상으로 오면서 함께 온 마나에 정보가 포함되어 있었다는 것을 생각해보면 내가 마나에 대해 제대로 알지 못하고 있음이 분명했다.

'넌 뭘 더 가지고 있는 거냐?'

……

한 가지 확실한 건 말은 하지 못한다는 것이다.

딱히 힌트가 없는 문제인지라 잡생각이 상념의 틈을 비집고 나왔지만 그것도 나쁘지 않았다.

'응? 또 약탈자들인가?'

계곡 쪽에 사람의 기운이 잡혔다. 또 죽으려고 환장한 자들이 아닌가 주의 깊게 살펴보니 한 사람밖에 없었고 기운이 무척 약해진 상태였다.

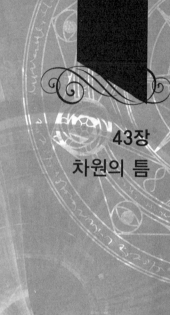

43장
차원의 틈

음식 냄새를 맡았을까, 아님 멀리서 불빛을 봐서일까. 사내는 비틀거리면서 우리가 있는 곳을 향해 올라오고 있었다.

난 일단 죽일 생각도, 도와줄 생각도 없었기에 지켜만 볼뿐 딱히 다른 행동을 취하지 않았다.

사내는 결국 내 시야까지 올라왔다. 중단전의 빛의 크기로 보아 6서클쯤 돼 보이는 그 역시 날 느꼈는지 나를 향해 떨리는 손을 들어 올리며 말했다.

참고로 중단전의 크기를 나타내는 빛과 그 안에 차 있는 마나의 빛은 달랐다. 현재 사내의 몸엔 마나가 거의 없었다.

"…도, 도와주시오."

여기까지 왔다는 점에 일단 도와주기로 했다.

우물우물! 쩝쩝! 꿀꺽!

"켁켁! …미안합니다."

얼마나 굶었는지 야영지로 데려오자마자 먹으란 소리도 안 했는데 고기로 달려들었다. 그러곤 아귀처럼 먹기 시작했다.

오랜만에 하는 식사인지 조금 먹다가 토를 했지만 상관없다는 듯 다시 먹었다. 그러다 배가 조금 불러오며 이성을 찾았는지 미안해했다.

"다 먹어도 되니 물 마시면서 천천히 먹어요."

물론 다 먹진 못했다. 아무리 배고픔에 절었다곤 하지만 위의 크기는 정해져 있었다.

"누굽니까?"

걸신처럼 먹은 모습에 질린 듯 사내를 보고 있던 제이가 낮은 목소리로 물었다. 약탈자인지 조난자인지 묻는 것이었다.

"글쎄요. 일단 지켜보죠."

"복장을 보면 귀족 같은데……."

제이의 말처럼 옷이 찢어지고 더럽혀져 있었지만 내가 입은 기사옷보다 훨씬 고급스러웠다.

"무슨 일이 있었습니까?"

더 이상 못 먹겠다는 듯 뒤로 나앉는 사내에게 차를 건네며 제이가 물었다.

그도 이미 이틀 동안 약탈자들을 만나서인지 행동에 비해 말과 눈빛엔 의심이 묻어 있었다.

"아! 제가 배고픔에 눈이 뒤집혀 큰 실례를 저질렀군요. 일단 구해주신 것에 대해 감사드립니다. 저는 발칸 제국 메트론 영지 파견소 소장을 맡고 있는 그린 카튼 남작입니다."

사내는 자리에서 일어나 복장을 바로 한 후에 정중하게 자신을 소개했다.

지금까지 봤던 약탈자들과는 달랐다. 그러나 경계를 지우진 않았다.

"플린 왕국 발칸 산맥 연구 탐사대의 제이입니다."

"오! 그렇군요. 혹시 몬스터의 움직임을 연구하기 위해 왔습니까?"

"예, 그린 남작님께선?"

"저 역시 몬스터 연구를 위해 왔습니다. 몬스터들이 왜 계속 줄어드는지 얼마나 줄어들었는지를 알아보기 위해 이곳에 왔습니다."

"한데 어찌 혼자… 몬스터를 만나신 겁니까?"

제이에 말에 그린 남작의 표정은 대번에 어두워졌다.

"곤란하시면 말하지 않아도 괜찮습니다."

"…아니오. 은인인데 탐사를 하다가 내 꼴이 나면 곤란하지 않겠습니까."

30대 중반쯤 되어 보이는 사내는 한숨을 쉬며 자신이 겪은 일을 설명했다.

몬스터의 움직임을 파악하기 위해 발칸 산맥으로 온 그린 남작 일행은 우연히 몬스터가 움직이는 걸 봤고 그들이 어디로 가나 뒤를 쫓았다고 했다.

그래서 발견한 곳이 차원의 틈. 몬스터를 따라 그곳에 들어갔다가 혼자 살아남았다고 한다.

"그러니까 차원의 틈에 몬스터가 우글거리고 있다는 겁니까?"

"그렇습니다. 저도 겨우 도망쳐 나올 수 있었죠. 7서클만 되었어도 어느 정도 파악을 하고 나왔을 텐데 제 실력으론 불가능했소이다."

차원의 틈이라. 꽤 설득력이 있는 얘기였다. 난 그가 말하는 동안 그에게서 일어나는 기운을 살피며 거짓 여부를 파악하고 있었는데 확신할 수 없지만 거의 진실이었다.

제이보다 빠르게 입을 열었다.

"그곳은 어떤 곳이었습니까?"

"솔직히 잘 모르겠습니다. 이곳과 비슷하다고 해야 하나? 아무튼 차원의 틈을 넘자마자 몬스터에게 쫓기다 다시 넘어온 터라 그곳이 어떤지는 정확히 모릅니다."

뭔가 어정쩡한 말이다. 두려워서일 수도 온전치 못해서 그럴 수도 있었다.

"위치가 어딥니까?"

"저쪽이요."

그는 자신이 온 방향을 보며 한마디 더했다.

"7서클 이상 마법사가 없다면 가까이 가지 않는 게 좋을 겁니다."

가지 말라니까 왠지 더 가보고 싶어진다. 그러나 생각뿐이다. 귀찮은 건 질색이다.

"많이 피곤한 것 같은데 일찍 쉬세요."

"불침번은? 몬스터는 없지만 무서운 야생동물들이 많습니다."

"제가 알아서 하죠."

가방에서 알람 마법과 투명화 마법이 그려져 있는 나무판을 꺼내 야영지 여기저기로 던졌다.

"마법진이군요? 염치 불고하고 먼저 자겠습니다."

그린 남작은 많이 피곤했는지 땅에 머리를 대자마자 잠이 들었다.

"차원의 틈이라 게 정말 있을까요?"

페리가 코를 골며 자는 그린 남작을 흘깃 본 후 낮은 목소리로 물었다.

"있을 것 같군요."

"하긴 차원의 틈이라면 몬스터가 사라진 것도 설명이 되니까요."

"가볼 생각입니까?"

"두 분이 찬성을 한다면 가보고 싶네요. 지금 하는 조사보다 그쪽이 더 중요할 것 같아요."

꽤나 자신의 일에 최선을 다하는 성격인가 보다.

나쁘지 않았다. 여기저기 돌아볼 시간에 차원의 틈을 구경하는 게 더 빠르니까.

"전 찬성입니다."

제이가 찬성했다.

탐사대장은 페리였고 다수결로 해도 2 대 1이었기에 나 역시 찬성할 수밖에 없었다.

"좋습니다. 내일은 그린 남작님이 말한 방향으로 움직이죠."

아침이 밝았다.

신경 썼던 그린 남작은 밤새 코를 골며 잤다.

느지막이 일어난 그는 아침을 준비하는 동안 마나 호흡법으로 마나를 채웠다.

"이만 제국으로 가봐야겠습니다. 다시 한 번 구해주셔서 감사합니다."

음식을 나눠주자 그는 경계하고 있었던 것이 허무해질 만큼 두말없이 떠났다.

"괜히 긴장했네요. 저희도 움직이죠, 아우스 경."

"잠깐만 기다려 줄래요."

그린 남작이 가리킨 방향을 보며 잠깐 고민했다.

아침을 먹을 때 그는 차원의 틈까지 대충 14일 정도 걸린다고 했다. 산을 오르락내리락해야 하고 야생동물과 싸운 시간을 감안한다고 하더라도 꽤 먼 거리.

'텔레포트가 나을까 아님 플라이트가 나을까?'

산책은 지난 5일간 충분히 했다.

일단 플라이트.

가장 높아 보이는 봉우리로 가서 눈에 보이는 곳으로 텔레포트하기로 했다.

"제이 경, 플라잉 쓸 수 있죠? 페리 연구원은 플라이트 마법을 쓰고요."

"네. 하지만 효율이 좋지 않아서……."

플라잉은 5서클, 플라이트는 7서클 마법이다.

둘의 차이는 플라잉은 몸을 공중으로 띄우는 것이라면 플라이트는 나는 것이라는 점이다.

"조금 부담을 줄이려는 것뿐이니 걱정 말아요. 이리 오세요. 실례."

왼손으로 제이의 허리를, 오른손으로 페리의 허리를 감싸안았다.

"시작하죠."

두 사람이 마법을 사용하는 순간 플라이트 마법을 실행했다.

확실히 혼자 날 때보단 부담이 됐지만 두 사람의 마법 때문인지 마나가 쭉쭉 닳지는 않았다. 우린 가장 높은 봉우리로 십 분도 되지 않아 도착했다.

"와! 그동안 걸어 다닌 게 미친 짓처럼 느껴지네요. 7서클이 되어야 할 이유가 한 가지 더 생겼습니다."

"…하루 걸릴 거리를 단숨에 왔네요. 저도 마법에 욕심이
생겨요."

두 사람은 어리둥절해하면서도 기쁜 모양이다.

말하는 모양새가 삐딱했으면 다시 걸을 생각이었는데 반응
이 꽤 괜찮다.

"자, 다음은 저 끝으로 이동하겠습니다."

"날아갈 건가요?"

"아뇨. 텔레포트로 갈 겁니다."

페리는 나는 게 재미있나 보다. 표정이 시무룩해졌다.

"얼른 7서클 돼야겠군요, 제이 경."

"…눈치챘습니까?"

"모르는 게 이상하죠. 아! 그리고 그날 그저 어디에 있는지
만 확인하고 감각을 껐습니다."

내 말을 이해했는지 두 사람은 얼굴이 빨개졌다.

난 그 틈에 텔레포트 마법을 펼쳤다.

텔레포트 후 다시 한 번 플라이트를 하고 나자 차원의 틈이
라는 곳이 어디인지 알 수 있었다.

산으로 둘러싸여 있는 분지의 한가운데 차원의 틈이 있었
는데 차원의 틈이라 해서 거대한 눈알이나 땅이 갈라져 있는
것은 아니었다. 보기엔 아무것도 없지만 마나의 흐름만 다를
뿐이었다.

의문인 건 가까이에 오기 전엔 알 수가 없는데 멀리 있던 몬스터들이 어떻게 알고 찾아오느냐 하는 것이다.

"저기 분지의 중앙이 차원의 틈이라는 거죠?"

종이에 산세와 주변을 열심히 그리던 페리가 물었다.

"아마도요."

"바로 이동할 건가요?"

"아뇨. 마침 저기 한 무리의 오크가 오니 어떻게 작동하는지 볼 겸 여기서부터는 걷죠."

그린 남작의 말을 완전히 믿지 않았다. 조심해서 나쁠 건 없었다.

우린 거대한 오크 무리와 떨어진 채 따라가며 차원의 틈을 향했다.

"저 오크들도 꽤 먼 길을 걸어왔을 텐데 여기에 차원의 틈이 있는지 어떻게 알았을까요? 그리고 차원의 틈에 뭐가 있기에 저렇게 가는 걸까요?"

연구원답게 페리는 몬스터들의 이상행동이 궁금한 모양이었다.

"인간이 느끼지 못하는 뭔가가 있지 않을까요?"

"그게 뭘까요?"

"글쎄요. 무슨 호르몬이라도 풍기나?"

목에 핏대를 올리며 티격태격 싸울 때가 아주 먼 일이었다는 듯 두 사람은 알콩달콩 대화를 했다.

눈꼴은 시렸지만 흥미로운 얘기였기에 귀를 열었다.

"그럴 수도 있어요. 아님, 본능에 속하는 영역에 어떠한 명령이 떨어졌을 수도 있죠."

"본능에 속한 영역에 명령이요?"

"가령 과거 드래곤이 살던 시절 드래곤의 명령에 몬스터들이 절대 복종했다는 말이 있잖아요. 그런 명령이 떨어진 거죠."

"음~ 절대적인 강함에 굴복한 걸 수도 있지 않나요?"

"그럴 수도 있고요. 하지만 역사서를 보면 인간의 경우 죽음을 각오하고 드래곤과 싸웠다는 얘기가 나오잖아요. 절대적으로 강하다는 걸 알고 있음에도 불구하고 말이죠."

"인간보다 더 파이팅이 넘치는 몬스터가 드래곤 앞에서만 그토록 절절맨다? 듣고 보니 그런 것 같기도 하군요. 인간의 강함 앞에선 도망가지 무릎을 꿇진 않으니까요."

"드래곤의 존재는 책에서만 나오고 예시도 책을 토대로 얘기하는 것이니 다 부질없는 추측일 수도 있죠."

두 사람이 결혼하면 심심하지 않겠다 싶었다.

물론 제이의 경우 의문점에 대한 대화가 아닌 사랑의 대화를 하고 있는지도 모르지만 말이다.

"정확히 저 위치군요."

두 사람이 대화를 하는 사이 분지에 다다른 오크 무리가 차원의 틈이 있는 지점에서 하나둘씩 사라지고 있었다.

페리가 시선을 돌리며 신기한 듯 바라봤다.

아무것도 없는 곳을 걸어만 갈 뿐인데 사라지니 그럴 만도 했다.

"어? 그러네요. 근데 틈은 출입이 가능한 걸까요?"

"그린 남작이 저곳에서 빠져나왔다고 했으니 그렇지 않을까요?"

제이의 말에 나는 고개를 저었다.

몬스터에게 꿀과 젖이 나는 곳이라고 해도 빠져나올 수 있다면 사실 이 주변엔 많은 몬스터로 우글거리고 있어야 했다. 아니, 적어도 한 종 이상의 몬스터는 있어야 했다.

수많은 몬스터가 들어갔고 그중 약한 종의 경우 출입이 가능하다면 나온 무리가 있었을 것이다. 아무리 좋은 곳이라고 해도 죽음보다 소중할 수는 없는 일 아닌가.

한데 어느 몬스터도 없다?

나올 수 없거나 차원의 틈 너머의 세상이 그만큼 넓다는 얘기일 것이다.

전자든 후자든 일단은 주의를 할 필요가 있었다.

"일단 저쪽에서 지켜보며 어떻게 할지 결정합시다."

분지의 한쪽 커다란 바위 밑에 그럭저럭 쉴 만한 곳이 있었다.

빵과 육포로 점심을 먹으면서 우리는 마지막 한 마리까지 사라지는 오크 무리를 봤다.

오크 무리가 사라지자 분지는 적막함만 맴돌았고 페리가
적막함을 깼다.

"들어가 볼까요?"

"위험하지 않겠어요? 그런 남작도 얼핏 보니 약하진 않던데
그 사람이 그 정도로 곤욕을 치렀잖아요."

"하지만 우리에겐… 아, 미안해요. 괜한 호기심에 귀찮게 할
뻔했네요. 보고를 하고 탐사대를 다시 꾸려 와서 조사를 해야
겠네요."

나를 흘낏 보던 페리는 적절치 않은 부탁이라고 생각했는
지 고개를 저었다.

남의 귀찮음까지 알아주다니 고맙다.

사실 궁금하긴 하지만 다른 세상으로 넘어가 버릴 수도 있
는 일이었다. 기다리는 이들이 없다면 모를까, 괜한 모험은 사
양이다.

다만 배려심이 있는 그녀를 위해 선물을 하는 건 괜찮을
것 같다.

"하하! 다른 차원으로 가는 건 사양입니다. 대신 텔레포트
마법진을 설치해 줄게요."

"정말요? 그래주면 고맙죠."

"여긴 마나의 흐름이 불안정해서 저기 봉우리에 설치해야
할 것 같군요."

"전혀 상관없어요."

"그럼 빨리 해버리죠."

연인을 위한 일이기도 했지만 발칸 산맥이 추억의 장소라는 점도 자원하는 데 영향을 끼쳤다. 그러나 며칠 돌아보니 추억은 추억으로 남기는 것이 좋다는 생각이 들었다.

차원의 틈 덕분에 탐사대가 빨리 끝날 수도 있다는 생각에 얼른 적당한 봉우리로 올라갔다.

주변을 정리하고 땅을 골랐다. 최소한 10명이 왔다 갔다 할 수 있을 정도의 크기로 만들 생각이다.

수도로 이동한 후 그곳에서 식별 코드를 인식할 수 있는 대응 마법진을 만들면 된다.

마나석 여섯 개가 들어가겠지만 아깝지 않았다.

"휴우~ 끝!"

다 그리고 활성화되는 것을 본 순간 하늘로 뭔가가 지나갔다.

"가고일!"

세 마리의 가고일이 차원의 틈을 향해 날아가고 있었다.

꼬리까지 5미터 정도 되는 비행 몬스터로 날카로운 이빨과 손톱은 오우거라고 해도 무시 못 할 정도였다.

물론 나는 무시해도 됐다.

다만 내가 마법진을 그리는 동안 제이와 페리 두 사람은 차원의 틈을 가까이에서 구경을 하고 있었는데 가고일은 그곳을 향해 날아가고 있었다.

"젠장!"

플라이트를 펼쳤다.

막 몸을 띄웠을 때 가고일 세 마리는 활강을 시작했고 속도는 더욱 빨라졌다.

[가고일이 틈 쪽으로 갑니다. 당장 피해요!]

일단 제이에게 딜리버리를 보냈다.

묵묵부답.

위스퍼나 딜리버리나 마나의 진동을 통해 말을 전달하는 마법이다. 즉, 마나가 불안정한 곳에서는 제대로 전달이 되지 않을 가능성이 높았다.

특히 두 사람은 차원의 틈에 가까이에 있어 더욱 그랬다.

촤라라라라락!

검 10자루가 허리에 찬 아공간 검집에서 튀어나왔다. 그리고 새파란 검강을 머금었다.

'얼른 돌아봐, 이 바퀴벌레 커플아!'

가고일은 속도를 늦추지 않은 채로 틈을 통과하려는 듯 굉장히 빨랐다. 이대로라면 10초도 되지 않아 두 사람을 치고 통과할 게 분명해 보였다.

어쩌면 낚아채서 들어갈 수도 있었다.

3초 안에만 가고일을 본다면 무사할지 모르겠지만 그 시간이 지나면 골든타임은 지나 버리게 된다.

'좀 더 빨리!'

바람의 압력에 속도가 느려진다고 느껴질 만큼 빠르게 날면서도 더 속도가 빨라지기 바랐다.

'어쩔 수 없군. 죽여 버려!'

열 개의 검은 의지와 함께 맨 앞에 놈에게 네 개, 뒤의 두 마리에게 각 세 개가 쏘아졌다.

파파파파파팍!

쿼에에에에엑! 쿠에에에엑!

'미친!'

생각보다 느리게 날아간 검은 뒤의 두 마리는 확실히 잡을 수 있었다. 근데 재수 없게 맞은 놈들이 맨 앞에 가는 가고일을 향해가는 검 쪽으로 기울어지면서 대신 맞아버렸다.

가고일의 비명 소리에 바퀴벌레 한 쌍은 드디어 돌아봤다. 두 사람의 당혹해하는 모습이 또렷이 보인다.

피하기엔 늦었다. 또다시 검을 발사하기에도 늦었다.

한 자루의 검을 빼 들었다.

'가능할까?'

한 가지 생각, 아니, 상상이 떠올랐다.

정말 어이없는 방법.

일단 해보는 수밖에 없었다. 최선을 다했는데도 안 된다면 그건 운명이었다.

1초를 수십 번 쪼갠 시간만큼 생각을 마친 난 바로 황당한 방법을 실행했다.

검에 검강이 터지도록 밀어 넣으며 가고일을 향해 세 번 휘둘렀다.

앞에 맺혀 있던 검강이 가고일을 향해 발사되는 그 순간 마법을 펼쳤다.

"블링크!"

제이와 페리의 옆으로 이동한 나는 두 사람을 거칠게 밀었다.

그와 동시에 프로텍트를 몸에 둘렀다.

쉘이었으면 더 좋았겠지만 그걸 펼치기엔 시간이 없었다.

세상이 느려졌다. 마나가 모이며 알갱이가 되고 알갱이들이 모여 막을 만들어낸다. 지금 이대로만 진행된다면 내 상상력의 공격은 성공할 것이다.

한데 변수가 발생했다.

지금껏 일직선으로 잘 날던 가고일이 틈에 다 이르러서 날개를 살짝 접으려고 몸을 움직였다. 머리가 살짝 들리고 몸통이 옆으로 쏠렸다.

그때!

파파팍!

블링크를 사용하기 전에 발사했던 검강 두 개가 놈의 두 날개를 잘랐고 나머지 하나가 머리를 잘랐다.

"빌어먹을!"

본래의 상상에서 마지막 검강은 몸통을 잘라야 했다. 그래야 몸통이 갈라지며 내가 무사할 테니까.

그러나 놈의 약간의 움직임이 상상은 상상뿐임을 알려주었다.

놈을 죽였지만 몸통의 관성은 어쩔 수 없었다.

퍽!

날개 잃고 목을 잃은 몸통이 직격했고 내 몸은 그 몸통과 함께 차원의 틈으로 들어갔다.

가고일의 몸통 때문에 어쩔 수 없이 들어선 차원의 틈은 마치 텔레포트를 할 때처럼 어디론가 나를 이끌고 갔다. 그리고 틈의 마나를 느낄 새도 없이 어디론가 빠져나와 바닥을 뒹굴었다.

"끄응! 몸뚱이에 깔려 죽을 뻔했네."

프로텍트가 깨질 정도로 강한 부딪힘. 몸 내부를 보호하는 마나가 발동하지 않았다면 최소 몇 달은 누워 있을 상처를 입었을 것이다.

몸통을 옆으로 밀어버리곤 일어났다. 가고일의 피와 흙이 뒤섞여 엉망진창이다.

워터 마법을 사용해 닦으려 할 때였다. 뭔가가 빠른 속도로 다가왔다.

고개를 돌리니 오크 한 마리가 내 허벅지만 한 몽둥이를 휘두르고 있었다.

"별게 다 지랄이네."

무시하고 그냥 베어버릴까 하는데 몽둥이가 꽤 살벌하다.

마법을 펼치기엔 늦었다. 타의에 의해 틈으로 넘어오는 바람에 잠시 넋을 놓고 있었던 내 잘못이다.

마나를 두 팔로 보낸 후 얼굴과 몸통을 막았다.

퍼억!

얼마나 힘이 강한지 내 몸을 훌쩍 날아 5미터가 넘게 날아갔다.

"헐~ 뭐야?"

막은 팔이 찌릿찌릿하다.

3서클만 돼도 서너 마리쯤은 충분히 상대할 수 있는 오크의 공격에 팔이 저릴 정도라고?

놈을 봤다. 근육이 터질 듯하고 일반 오크보다 조금 커 보였지만 오크였다.

오크는 약한 몬스터에 속한다. 마법 기사가 아닌 일반인들의 경우 상대하기 쉽진 않지만 훈련을 받은 병사나 용병의 경우 충분히 상대할 만하다.

"취익! 쿵!"

놈은 콧방귀를 뀌며 다시 달려들었다.

이곳에서 뭐 좋은 거라도 처먹었는지 겁을 상실했다. 검기를 들고 그대로 내려쳤다.

깡!

단숨에 베어버릴 것이라는 예상과 달리 놈은 막았다. 소드 유저 수준을 막을 줄은 정말 생각도 못 했다.

"어쭈! 막아? 그럼 이것도 막아봐!"

좀 더 검기를 집중한 후 다시 휘둘렀고 이번엔 목을 벨 수가 있었다.

오크를 죽이고 감각을 확장한 후에야 주변을 둘러볼 수 있었다.

"…이곳이 차원의 틈 속 세상인가?"

나무와 풀로 인해 온통 숲인 세상. 인간의 손이 닿지 않은 태초의 숲이 이러지 않을까 싶은 곳이다. 게다가 손으로 잡으면 묻어나지 않을까 싶을 정도로 짙은 마나가 가득한 세상이었다.

오크가 강한 이유도 마나 때문이 아닐까.

이 세계에 대한 감상은 금방 끝내고 차원의 틈이 있는지를 살폈다. 돌아가는 게 우선이었다. 마나가 많다고 살기 좋은 곳은 아니었다.

"그린이라는 이름도 거짓이겠군."

주변을 뒤져봐도 내가 들어왔던 차원의 틈은 없었다. 불행하게도 틈은 입구였던 것이다.

"여기서 몬스터와 일생을 보내야 하는 거 아냐? 아냐! 입구가 있다면 출구도 있겠지."

괜히 오지랖 넓게 굴다가 떨어졌다는 생각을 해봐야 무슨 소용이겠는가, 이미 떨어졌는데. 우울할 시간에 출구를 찾는 게 우선이었다.

플라이트로 하늘을 올라 주변을 살핀 후 일단 동쪽으로 향했다.

움~ 메에에에~

가슴에 수십 개의 얼음 창이 꽂힌, 소처럼 생긴 몬스터 뮤틸루스는 마지막 비명을 지르며 바닥에 누웠다.

"…동굴 한번 구경하자는데 왜 흥분하고 난리야."

내 주변으론 주변엔 수백 마리의 뮤틸루스가 쓰러져 있었다.

뮤틸루스가 자리 잡은 곳에 확인하고 싶은 것이 있어 쫓아내려 했더니 끝까지 덤벼드는 바람에 결국 모두 죽여야 했다.

수많은 주검을 뒤로하고 마나의 흐름이 이상한 굴로 향했다.

뮤틸루스가 신성시하는 곳인지 과일이나 잡은 지 얼마 되지 않은 야생동물 따위가 입구에 놓여 있었지만 무시하고 들어갔다.

굴은 깊지 않았다. 20미터쯤 들어가자 단상이 있고 그 위에 동그랗게 생긴 금속구가 놓여 있었다.

마나의 흐름을 이상하게 만드는 건 바로 금속구 때문이었다.

금속구엔 이상한 문양이 그려져 있었는데 마법진 같기도 한데 확신할 순 없었다.

"젠장! 고작 이것 때문에 그 고생을 하다니."

이리저리 살펴봤지만 무엇에 쓰는 물건인지 알 수가 없었기에 일단 배낭에 넣었다.

"배고픈데 식사나 하고 움직여야겠군."

뮤틸루스들이 바친 것들과 나무를 구해서 동굴로 돌아왔다.

손질한 야생동물을 바비큐로 만들며 지금까지 틈의 세계에서 본 것을 정리했다.

틈을 넘어온 지 한 달째, 몇 가지 사실을 알아냈다.

첫 번째, 이곳은 섬이다.

지름이 플라이트로 꼬박 나흘은 넘게 날아야 할 정도로 넓은 섬.

두 번째, 섬은 내가 사는 행성의 한 부분이다.

밤하늘의 별자리를 살펴본 결과 대륙의 남쪽에 있을 가능성이 높았다.

세 번째, 섬은 어떤 특별한 힘에 의해 막으로 둘러싸여 있다.

바다에 도착한 후 바다를 건너보려 했지만 어느 정도 가자 투명한 막이 앞을 가로막았다. 위로도 마찬가지였다.

네 번째, 사라진 몬스터들이 틈을 통해 이곳으로 옮겨왔다는 가설은 사실이다.

섬은 온통 몬스터 천지였다. 이미 수백 년 전 사라졌던 몬스터들이 섬에 바글거렸다.

다섯 번째, 섬의 중앙에 뭔가가 있다.

미로인지 뭔지 확실치 않지만 중앙으로 가는 건 불가능했다. 근처에서 일주일쯤 노력했지만 알아낸 것이 없어 일단 주변을 살펴보고 있는 중이다.

이곳의 마나양 때문에 몬스터가 강해졌다는 따위의 몇 가지가 더 있지만 다섯 가지가 가장 확실하게 알아낸 것들이다.

"아무래도 중앙에 답이 있을 것 같은데 말이야."

중앙 지대의 비밀을 알아내지 못한 나는 섬을 시계 방향으로 돌며 출구나 중앙 지대로 진입할 수 있는 방법을 찾고 있다.

한데 일주일째 찾은 거라곤 조금 전에 찾은 금속구가 다인지라 자꾸 중앙 지대에 미련이 남는다.

"아냐! 일단 3시 방향까지만이라도 둘러보고 다시 일주일쯤 노력해 보자."

현재 있는 곳은 2시 방향이었다.

고기가 다 익었다. 챙겨 온 소금과 향신료를 뿌린 후 맛있게 먹었다.

"자! 다시 움직여 볼까."

내가 십 일 가까이 하는 일은 플라이트로 하늘을 나르며 마나의 움직임이 이상한 곳이 있나 없나를 탐색하는 것이다.

마나 소모가 빠른 일이지만 마나양이 풍부한 곳이라 그런지 차오르는 속도 역시 빨랐다.

갈지자로 움직이며 3시 방향을 탐색하던 내 눈에 수직에 가까운 돌산이 보였다.

"꽤 멋있는데."

푸른 나뭇잎들과 몬스터들만 보다가 밝은 회색빛의 돌산을 보니 약간이나마 기분 전환이 된다.

절벽이 있는 곳은 비행 몬스터가 많았기에 감각을 조금 더 확장시키며 접근했다.

그때 절벽 너머에서 마나와 마나가 격돌하는 울림이 느껴졌다.

쿠웅!

몬스터와 몬스터가 맞붙고 있기라도 한 걸까?

좀 더 접근하자 두 개의 기운이 또렷이 느껴졌다. 특히 그중 하나의 기운은 몬스터가 아닌 사람의 기운이었다.

"설마?!"

얼른 절벽에 붙어 너머를 살폈다.

170 정도 되어 보이는 한 명의 장년인과 3미터 크기의 은색 털이 가득한 실버 울프가 싸우고 있었다.

잔영이 남을 정도로 빠르게 움직이며 인간을 향해 공격하는 실버 울프의 손과 발엔 새파란 수강이 맺혀 있어 꽤나 흉흉해 보였다.

그러나 장년인은 큰 움직임이 없이 가벼운 손짓으로 마법을 일으키며 상대하고 있었다.

'8서클 수준, 아니, 그 이상인가? 아! 날 봤어!'

잠깐 봐서 상대를 다 파악할 순 없었지만 짐작컨대 타칸 후작보다 더 강해 보였다.

그런 이가 마법을 쓰고 있는 나를 느끼지 못하는 게 이상한 일이다.

그가 날 보고 난 후 싸움은 급진전되었다.

중년인이 실버 울프를 몰아붙이기 시작한 것이다. 그리고 순식간에 그의 주변 마나가 움직이며 실버 울프의 몸에 마법을 꽂았다.

크엉!

실버 울프는 고통스럽게 울부짖었다. 그리고 털썩 주저앉았다.

'어? 저 사람 뭐 하는 거야?'

목을 벨 거라는 예상과 달리 중년인은 실버 울프에게 리커버리를 시전했다. 그리고 치료를 끝낸 중년인이 나를 보며 빙긋 웃었다.

순간 섬뜩한 생각과 함께 머릿속에 위험하다는 경종이 울렸다.

피해야 할지 아님 누구인지 확인을 해야 할지 고민을 하는 사이 사내는 방금 있던 곳에서 사라진 후 내 앞에 나타났다.

"푸헤헤헤헤! 강한 인간이다. 강한 인간이야!"

백발의 장년인은 아이처럼 웃으며 뭐가 그리 좋은지 기뻐했다.

도망치기엔 늦었다. 살기가 없었기에 일단 말을 해보는 것도 괜찮을 것 같았다.

"이곳에 사람이 있을 줄은 몰랐습니다. 반갑습니다."

"응. 이곳엔 사람이 없어. 아니 들어와도 금방 죽어버려. 약해. 너~ 무 약해."

"그렇군요. 전 아우스라고 합니다."

"난 베네툭."

그의 이름을 듣고 몇 번 중얼거리다 보니 떠오르는 사람이 있었다.

12패왕 중 한 명인 베네툭 드 글로리.

뮤트 제국 평민으로 지혜의 패왕이라고 불릴 정도로 지적이고 우아하면서도 한편으론 손속이 매워 12패왕 중 일인이 된 자. 잘생긴 얼굴로 사교계에서도 귀부인과 영애들의 사랑을 듬뿍 받았다는 후문까지.

'잘생기긴 했는데 전혀 지적으로 보이진 않는데.'

내색하지 않고 정말 그인지 확인했다.

"혹시 베네툭 드 글로리 백작님이십니까?"

"음, 맞아. 그런 이름을 쓴 적이 있었어. 근데 너 나 알아? 난 널 처음 보는데?"

"12패왕의 한 분인데 모를 리가요."

"그래그래. 나 12패왕 중 한 명이야, 푸헤헤헤. 영광이지? 반갑지?"

"…이런 곳에서 뵈니 반갑긴 하네요."

"나도 널 보니 반가워. 너처럼 강한 사람이 여기엔 없거든. 만날 도망가는 놈들도 있긴 한데 그놈들은 재미있을 만하면 한꺼번에 덤비거든."

한꺼번에 덤빈다? 몬스터를 말하는 건가?

길지 않은 대화였지만 그는 꽤 산만하다는 느낌이었다. 손을 가만히 두지 못했고 표정이 마치 아이 같았다.

혹시나 싶은 게 있어 물었다.

"혹시 이곳에 얼마나 계셨습니까?"

"10년까지 세다가 말았어. 지겨워, 지겨워. 온통 멍청하고 약해빠진 몬스터뿐이야. 간혹 강한 놈들도 있는데 꽁꽁 숨어 있어 찾기가 힘들어."

10년? 그렇다면 그 이상 이곳에 있었단 소리다. 약간 제정신이 아닌 것 같은 그의 행동이 이해가 된다.

이미 답을 알 것 같은 질문을 했다.

"…이곳에서 빠져나갈 방법은 있습니까?"

"없어, 없어."

젠장! 역시나다.

"…여긴 심심해, 심심해. 할 게 없어."

베네툭은 갑자기 고개를 숙이고 침울한 표정을 지었다. 위로를 해야 하나? 막 위로의 말을 건네려는데 그는 활짝 웃으며 말했다.

"근데 이젠 심심하지 않을 것 같다. 네가 있잖아, 푸헤헤헤!"

그가 웃는 순간 아까 느꼈던 섬뜩함의 이유를 알 것 같았다. 그리고 느껴지는 마나 유동.

블링크를 이용해 뒤쪽으로 바로 이동했다.

콰앙!

방금 있던 자리가 폭발했다.

"푸헤헤헤헤! 역시 생각대로야~!"

"자, 잠깐만… 젠장!"

말을 걸려 했지만 그는 틈을 주지 않고 공격해 왔다.

살기는 없었다. 두고두고 대결할 장난감으로 생각하는지도 몰랐다. 틈에 빠진 것도 짜증 나는데 아주 더럽게 걸렸다.

도망을 가지 못하게 얽매면서 살살 약 올리는 것이 그동안 꽤 괴롭혀 본 솜씨다.

'오냐! 한번 놀아보자.'

한 달간 나 역시 스트레스 받았다. 실버 울프처럼 처참하게 당하는 건 사양이다.

"임페르노!"

"푸헤헤헤! 그래그래! 그렇게 나와야지. 재미있게 놀아보자꾸나."

푸왁! 콰과과과광!

주변이 서서히 쑥대밭으로 변하기 시작했다.

　　　　　＊　　　　　＊　　　　　＊

　근 백 년 간 열 번의 삶.

　사실 나는 스스로 평범하고 정상적인 사고를 가지고 있다고 생각하지 않는다.

　스무 살 이전에 죽게 될 거라는 두려움에 살았고 또 새로운 몸으로 새롭게 살아야 한다는 두려움에 떨었다.

　그런 내가 정상일 수 있을까?

　스무 살이 넘게 살 수 있게 된 후 처음으로 꾼 꿈이 시간을 죽이기 위해 9서클을 달성하기이니 분명 정상은 아니었다.

　왜 이런 쓸데없는 생각을 하고 있느냐 하면 이런 나조차도 무척이나 평범하다고 할 정도로 베네툭은 미친놈이었다.

　죽을 만큼 팬 후 살려준다. 그리고 사흘에 한 번 다시 찾아온다. 도망가도 소용없다. 어떤 능력이 있는지 서너 번 텔레포트를 하고 기척을 감추고 숨어 있어도 찾아냈다.

　게다가 한 번 도망치면 패고 치료하고, 패고 치료하고를 기분 풀릴 때까지 몇 번이고 반복한다.

　놈은 강했다.

　지금까지 내가 약하다고 생각한 적이 없었는데 베네툭을 보면 약하다는 생각이 절로 들었다.

　뒷골목에서 목에 힘을 주다가 전투 기사를 만나 무릎을 꿇었을 때처럼 비참하다.

베네툭이 9서클이 아닌가 생각할 정도다. 물론 9서클은 아니다. 그냥 안다. 내가 100대 맞으면 나 역시 그를 10대쯤 때릴 수 있으니 절대 9서클은 아니다. 아니, 9서클이면 절대 안된다.

그럼 이 지옥과 같은 상황을 계속 이어가야 한다는 얘기니까.

차가운 얼음이 몸을 박혔다. 바람이 바람구멍을 만들었다. 뜨거운 불길이 날 태웠다.

끔찍한 고통보다 더 짜증이 나는 건 박힌 곳이 아물고, 구멍이 메어지며 화상을 입은 피부가 원래대로 돌아올 때였다.

"푸헤헤헤헤! 실력이 더 늘었네. 역시 인간이 더 똑똑해. 상대하는 맛이 나. 리커버리! 사흘 뒤에 봐, 푸헤헤헤헤!"

웃는 얼굴에 침을 뱉고 싶었다.

해봤다. 하지만 데자뷔처럼 똑같은 일을 당하고 똑같은 웃음을 들어야 했다.

으득!

사라지는 베네툭의 뒷모습을 보며 어금니를 악물었다. 물론 내 어금니만 닳는 바보 같은 짓이지만 현재 할 수 있는 유일한 분노의 표현이었다.

이제는 이 망할 곳에서 내 안식처가 된 동굴로 향했다. 가는 도중 지나가는 뱀을 잡았다.

아공간 가방에 있는 음식은 이미 동이 났고 향신료와 양념만이 남아 있었다.

동굴 속은 단백질 타는 냄새로 가득했다.

내 몸의 세 배쯤 되는 뱀이니 사흘간 동굴에서 벗어나지 않아도 되리라.

탄 부분을 떼어내고 구운 뱀을 입에 넣었다.

맛은? 모르겠다. 열심히 씹고 있었지만 내 머리는 온통 마법에 대한 생각뿐이었다.

지금은 베네툭과 나의 차이를 생각하고 있었다.

그는 나보다 조금 더 빠르고, 강하다. 물론 그러니까 매번 지는 거지만 마법 캐스팅 속도는 분명 내가 빠른데 당하는 건 언제나 나였다.

'내가 뭘 놓치고 있는 걸까?'

캐스팅이 빠르다고 반드시 강한 건 아니다. 하지만 기생 드래곤과의 대결을 생각해 보면 캐스팅이 빠르다는 건 분명 엄청난 이득이었다.

거기에 그는 검술도 제대로 모른다. 몸이 날렵하고 튼튼하다는 점을 빼면 오로지 마법만 사용한다.

한 가지에만 집중을 해야 하는 건가?

아닐 것이다. 마법보다 검이 더 자주 상처를 입힌다.

눈을 감고 첫 싸움부터 오늘까지의 싸움을 되짚어봤다. 이미 수없이 반복적으로 본 기억이지만 시간을 잊고 보고 또 봤다.

'역시 부자연스러울 정도로 빨라.'

피하지 못할 거라 생각했던 공격을 상상 이상의 속도로 빠르게 피해 버린다.

그와의 차이가 단지 그 빠름 하나가 전부는 아니지만 그 빠름이 결정적인 건 확실했다.

마법의 운용 능력과 특이함의 격차는 이제 줄어들 만큼 줄어들었기 때문이다.

"휴우~ 일단 좀 쉬어야겠다."

베네툭에 대한 분노도 피곤함 앞에선 무뎌졌다.

마른 풀로 만들어둔 침대에 누웠다. 꼬리에 꼬리를 무는 생각에 좀처럼 잠을 이루지 못하다 잠이 들었다.

깊은 잠에 들지 못했는지 꿈을 꿨다.

최근엔 매일이다시피 꾸는 꿈.

틈에 빠지기 직전 가고일을 쫓던 꿈.

조금 더 빨리 날 수 있었더라면 틈에 빠지지 않았을 텐데라는 생각 때문인지 꿈속에서도 나는 가고일을 잡을 수가 없었다.

그때처럼 검을 쏘아 두 마리를 죽였지만 꿈답게 새로운 가고일이 나타났고 난 끊임없이 쫓고 쏘고를 반복했다. 그리고 마지막은 언제나 가고일 몸통과 함께 틈으로 떨어졌다.

꿈마저도 사람을 기분 나쁘게 했다.

눈을 뜨자 울퉁불퉁한 동굴 천장이 보였다. 공기에서 느껴지는 청량함이 하룻밤이 지났음을 알려준다.

"오늘은 스트레스라도 풀어야겠어."

얼마 전 베네툭과 싸울 때 가고일의 서식지를 봤는데 복수를 해야겠다.

어제 먹던 뱀 고기로 아침을 때운 후 동굴 밖으로 나왔다.

"으꺄꺄꺄꺄!"

팔을 위로 뻗어 잡고 좌우로 몸을 움직였다. 그리고 본격적으로 몸을 풀었다.

"나쁘게 생각하지 말자. 긍정적으로!"

몸이 풀리자 무거웠던 머리도 가벼워졌다.

베네툭과의 대결이 수련이라고 생각하면 사실 고민할 것도 없었다. 목표를 9서클로 잡았고 9서클이 되기 위해 거쳐야 할 일인지도 몰랐다.

다만 살이 찢어지고 뚫리는 느낌은 아무래도 익숙해지지 않을 뿐이다.

"복수는 해야겠지."

가고일 입장에선 어이없는 일이겠지만 상관없다. 세상의 중심은 나인 법이다.

마나 호흡법으로 마나를 꽉 채운 후 가고일의 서식지로 텔레포트했다.

몬스터를 먹이로 삼는 가고일은 오우거처럼 떼로 살지 않는다고 책에 나와 있었다. 그러나 그건 차원의 틈에선 해당되지 않는 말이다.

몬스터 중 하위 그룹에 속하는 오크와 고블린이 이곳에서 강해졌다고 하지만 가고일 역시 마찬가지로 강해졌다.

즉, 이곳에서도 먹이란 점은 변하지 않았다.

풍부한 마나와 풍부한 식량에 소규모로 활동하는 가고일이 대규모로 서식했다.

크아아앙! 케에에엑! 끼이이익!

그런 가고일 서식지가 지금 난장판으로 변했다.

족히 백 마리가 넘을 가고일이 공중에서 괴성을 지르며 날 공격하고 있었다.

흔히 6서클이나 7서클이 되어야 한 마리를 상대할 수 있다는 가고일.

7서클이 상대하여야 하는 이유는 비행 몬스터라서 플라이트 마법이 필요하기 때문이다. 놈들은 하늘을 날 수 있다는 점을 최대한 이용했고 그 때문에 6서클은 상대하기가 꽤 피곤했다.

그러나 난 8서클이다.

당연히 도망갈 거라고 생각하고 적당히 잡고 가려고 했는데 일제히 덤볐다. 틈에 와서 풍부한 마나를 먹고 간댕이가 부은 게 분명하다.

동시에 대여섯 마리가 공격을 했고 연이어 대여섯 마리가 공격을 했다. 명백히 차륜전.

두 마리를 잡는 동안 미약하다지만 상처가 착실히 늘어났다.

"이 자식들, 짜증 나게 하네."

오랜만에 쓸데가 없던 합성 마법을 사용하기로 했다.

7서클, 8서클 마법을 제외하면 패가 없이도 마법 3개쯤 동시에 펼칠 수 있었다.

사실 그동안 고수들을 대결할 때는 사용할 일이 없었다.

화력이 세고 화려한 범위 공격이지만 확실하게 피해를 입히기가 어려운 합성 마법보단 화려하지 않아도 확실한 마법 하나가 더 효과적이었다.

아무튼 나는 디그를 이용해 5서클 파이어 월과 5서클 나이트 위드를 놈들 사이에 보냈다.

콰앙!

일대가 흔들릴 정도의 폭발이 일어났다.

불과 바람의 이용하는 것이라 5서클을 이용해도 되지 않을까 했는데 효과가 훨씬 좋았다.

폭발 범위를 계산하지 못해 화끈한 열기가 나에게까지 미쳤다는 점만 빼면 다대일의 싸움에선 훌륭한 한 수였다.

갑작스러운 공격에 가까이에 있던 놈들은 몸통이 터져 나갔고 중간쯤 있는 놈들은 날개가 불타 아래로 떨어졌다.

쾅! 또다시 한 방.

단 두 번의 합성 마법에 이십여 마리가 죽자 놈들은 거리를 벌리며 일제히 흩어지기 시작했다.

"진즉에 이럴 것이지."

과거엔 몬스터를 어떻게 생각했는지 모르지만 몬스터가 거의 사라진 때 살았던 나는 몬스터를 반드시 죽여야 하는 괴물이라는 생각이 약했다.

그저 쌓인 스트레스를 풀러 온 거지 몰살시키러 온 건 아니었다.

난 도망 다니는 놈들을 쫓아 한 마리씩 죽였다.

'한 마리만 더 잡아볼까.'

십여 마리쯤 잡고 나자 다들 멀리 도망갔는지 몇 마리 남지 않았다.

물론 새끼들이 꽤 많았지만 저항이 불가능한 새끼들을 죽이면서까지 스트레스를 풀 정도로 독하진 않았다.

이번엔 상당히 빠른 놈이었다. 베네툭에게 괴롭힘을 당하면서 좀 더 빨라졌는데도 놈의 속도를 잡기가 힘들었다. 게다가 머리까지 좋은지 공중에서 곡예를 하면서 피해 뒤를 잡기가 쉽지 않았다.

5분 정도 쫓다가 드디어 뒤를 잡았다.

의지와 함께 검 3개가 아공간 검집에서 빠져나왔다.

검과 함께 나는 내 모습을 누군가가 봤다면 꽤 멋있다고 할 것이다.

"이제 끝이다!"

검강을 머금은 검을 발사시켰다. 내 몸을 지나 앞으로 쏘아진 검은 최선을 다해 도망가는 가고일에게 접근했다.

검이 나보다 빨리 날아가는 모습에 문득 묘한 느낌을 받았다.

'가만… 왜 검이 나보다 빠르지? 왜 검처럼 빠르게 가지 못하는 걸까?'

내 몸은 공중에서 그대로 멈췄다. 그리고 의지를 잃은 검역시 멈췄다.

끼익!

가고일이 살아났다는 것에 기쁨의 괴성을 지르며 사라졌지만 신경 쓰지 않았다.

'…몸도 내 의지로 움직이는 것이고 검도 내 의지로 움직이는데 검이 더 빠르다?'

공중에 뜬 채 멍하니 생각에 빠졌다. 그리고 한참 후에 내가 던진 의문에 대한 답을 찾을 수 있었다.

*　　　*　　　*

1서클은 불, 바람, 빛, 물과 같은 원소 마법.

2서클은 위스퍼, 트레이스, 스피커처럼 마나의 쓰임과 관련된 마법.

3서클은 1서클 마법을 중첩시켜 공격력을 가지게 하는 마법.

…(중략)…

7서클은 의지로 마나를 움직이는 마법을 실행하는 단계.

마법의 각 단계엔 한계가 있다. 하단전을 이용한 무술도 마찬가지.

가벼워지고 강해지는 몸, 그에 따라 할 수 있는 일이 많아지는 마법과 검술.

지금까지 난 내 몸과 공방의 수단인 마법과 검술을 다르다고 생각하고 있었음이 분명했다.

플라이트를 이용해 비행을 할 때 플라이트의 한계를 정하고 '이 이상은 현재의 수준으로 불가능해'라고 단정을 짓고 있었다.

이러한 단정이 날 붙잡고 있었다.

의지의 한계가 어디까지인지 모르는 내가 스스로 한계를 짓고 있었던 것이다.

과연 나의 한계는 가고일보다 빠르지 못한 걸까?

오우거보다 순수한 힘이 약한 걸까?

의지로 움직이는 검보다 느린 걸까?

답은 '아니다'였다.

검을 빠르게 할 수 있다면 내 몸도 빠르게 할 수 있다.

웃기게도 머릿속의 한계의 벽을 인식하자마자 벽은 사라지고 빨라질 수 있었다.

결국 내가 스스로를 못 믿었다는 얘기였다.

"오늘은 만만치 않을 거야, 베네툭."

그가 오길 기다리게 될 줄은 생각조차 못 했다.

아침을 먹고 몸을 풀고 있는데 베네툭의 기운이 느껴졌다.

"푸헤헤헤헤! 뭔가 느낀 게 있나 보네."

그는 내 얼굴을 보고 단번에 내 변화를 알아챘다.

상관없다. 빠르기를 해결한 이상 적어도 쉽게 당하진 않을 것이다.

"좋아, 좋아! 역시 인간이 머리가 좋아. 몬스터는 키우기가 너무 힘들어, 푸헤헤헤."

마냥 좋아하는 모습에 본때를 보여주겠다던 생각이 약해졌다.

솔직히 매번 당하면서도 그를 반드시 죽여야겠다는 의지는 없었다. 아프고 기분이야 더럽지만 꼬박꼬박 치료를 해주고 시간까지 줬다.

물론 연민 따윈 없다. 의지완 상관없이 강제적으로 싸워야 한다는 것에 변함이 없으니까.

"내가 이기면 어쩌려고요?"

"가능하다면 그것도 좋아, 푸헤헤헤! 그땐 내가 도전을 하면 되니까, 푸헤헤헤헤!"

내가 살려줄 거라고 당연히 여긴다니 확실히 정신 상태가 좋지 않다.

뭐, 내가 당한 만큼 돌려주는 것도 나쁘지 않으니까.

"자리를 옮길까요?"

머무는 곳이 쑥대밭이 되길 바라지 않았다.

"지난번 싸운 곳으로 가지, 푸헤헤헤!"

저 요상한 웃음만 없으면 좋으련만.

우린 지난번에 싸운 곳으로 이동했다.

당시 하늘에서 싸웠지만 땅 아래가 무사할 수는 없었다. 몬스터들이 싸움에 휩쓸려 죽거나 도망갔고 거대한 숲의 일부는 허허벌판이 되었다.

"어? 나무가 어느새 자랐네."

이동을 한 후 내려다본 숲은 싸운 흔적이 여전히 있었지만 사람 크기 정도의 묘목이 어느새 자라 있었다.

"여기의 식물들은 생장이 빨라. 그 때문에 먹을거리가 항상 풍부하지, 푸헤헤!"

"빠른 정도가 아닌데요. 이 정도면 엘프들이 숲을 가꾼다고 여겨질 정도군요."

대륙에도 엘프가 있었다.

워낙 적은 수에 흩어져 조용히 살기에 평생 만나지 못하는 사람이 많았다. 나 역시 그런 사람 중에 하나였다. 근 100년간 살았어도 얼핏 스친 것 같지만 정식으로 만난 적이 없다.

"푸헤헤헤, 엘프가 이곳에 살고 있으니까."

"에헤? 진짜요? 몬스터만 우글거리는 줄 알았는데."

돌아다니면서 유사 인류를 본 적은 없었다. 그렇다면 그들이 지낼 곳은 한 군데뿐이었다.

"중앙 지대!"

"맞아. 간혹 나오긴 하지만 언제나 도망가 버리지. 그것도 아님 떼로 덤비거나. 자자! 얼른 시작하자고."

베네툭은 참을성이 많지 않았다. '푸헤헤헤!' 하고 웃는 웃음이 끝나기 전에 싸움은 시작됐다.

8서클 마도사가 7서클 마도사를 이기는 방법은 많다. 강력한 광역 마법으로 꺾어버릴 수도 있고, 화려한 마법으로 기를 죽일 수도 있다.

하면 8서클 대 8서클이라면?

오히려 저서클의 싸움처럼 단순해진다. 물론 강력함이 약해지는 건 아니다. 오히려 스치기만 해도 휘청거릴 만큼 매섭다.

기생 드래곤을 이길 수 있었던 것도 놈이 마나를 펑펑 써대는 바람이지 않은가.

우리 둘의 싸움은 꽤 합리적이었다.

작은 마법들이 쉴 새 없이 부딪혔고 디스펠의 의해 사라졌다. 그렇다고 다 부딪히고 사라지는 건 아니었다. 일부는 하늘로 땅으로 흩어졌다.

삼중첩 파이어 볼 하나가 빗나가 땅에 박혔다.

꾸아앙!

지름 15미터의 땅이 폭발하며 돌과 나뭇조각 따위가 싸우는 곳까지 튀어 올랐다.

둘 다 무시했다. 사실 튄 돌에 맞으면 아프긴 했지만 정작 싸움에서 가장 주의해야 하는 건 디스펠이 걸려 있는 공간이었다.

디스펠이 걸린 공간은 약 3초 정도 마나를 움직일 수 없는 공간이 되는데 그곳에 잘못 걸리면 역습을 당하기에 충분했다.

'역시 생각의 한계를 깨고 나니 편하군.'

30분 정도 싸우고 있는데 한 대도 맞지 않았다. 물론 때리지도 못했다.

빠름을 얼음으로써 이길 수 있다고 생각했는데 착각이었다. 수십 년간의 마법 응용력은 비슷해지자 훨씬 강력한 힘을 발휘했다.

그러나 걱정하지 않았다.

마법을 보는 족족 알아버리는 나의 사기적인 능력은 빠르게 그의 응용력을 내 것으로 만들었다.

결국 기회가 왔다.

베네툭은 날고 있던 여덟 자루의 검 중 일곱 개는 쳐냈지만 하나의 공격은 막지 못했다. 그는 자리를 옮기며 방금 있던 자리에 디스펠을 걸고는 물러났다.

난 그 순간을 놓치지 않고 파고들었다.

멀리서 마법을 쏜다면 막힐 가능성이 높았기에 중첩 파이어 볼을 손에 들고 눈에 보이지 않는 속도로 그에게 다가갔다.

'잡았다!'

손을 뻗어 베네툭의 몸에 그대로 파이어 볼을 던졌다.

펑!

터진 불꽃이 시야를 가렸다. 워낙 가까운 거리라 준비하고 있던 쉘을 치는 걸 잊지 않았다.

불꽃이 가셨다. 한데 한 방 먹었으리라 생각했던 베네툭은 웃는 표정으로 나를 바라보고 있었다.

그의 몸 주변에는 나처럼 쉘이 펼쳐져 있었다.

"푸헤헤헤! 재밌어, 역시 재밌어. 제법이야, 제법."

나만 기술을 훔친 게 아닌 모양이다.

"벽을 하나 허물었나 본데, 그럼 나도 한 단계 더 올려볼까? 푸헤헤헤!"

뭔 개소리냐. 머리가 노래지면서 한 단계 업그레이드되는 거냐?

얼굴을 구겨야 했다.

8서클을 10단계로 나눈다면 베네툭은 9, 10단계는 될 것이다. 나는 5단계 정도.

물론 1단계인 이에게 10단계인 사람이 죽을 수도 있고 7서클에도 운이 나쁘면 죽을 수 있는 게 싸움이다.

3서클인 내가 5서클을 죽이고 엑스퍼트일 때 마스터와 7서클을 죽였다.

이처럼 절대적인 건 없었다.

그러나 운이 통하지 않고 실력만으로 붙는다면 질 수밖에 없는 차이었다.

행운의 여신은 없었다.

푸왁! 콰직! 파직! 텅! 텅!

나무 기둥 같은 윈드 애로우에 맞았다. 몸은 훌훌 날아 몇 개의 나무를 부수고 바닥을 몇 번이나 구른 후에야 멈췄다.

한 단계 더 올렸다는 베네툭은 강했다. 다행히 어머어마하진 않았고 버틸 정도였다.

버티다 보니 싸움은 길어졌다.

사흘.

싸움은 사흘 동안 이어졌다. 마나가 풍부한 곳이라 숨만 쉬어도 차오르던 마나가 완전히 떨어졌고 괴물과 같은 몸 때문에 절반이 다시 차올랐음에도 결국 모두 떨어졌다.

그에 마법이 날아오고 있음을 알면서도 방어용 마법을 사용하지 못했다.

"컥! 크큭!"

피를 토했다. 갈비뼈가 몇 개는 부러진 것 같았다.

"…푸헤… 헤헤, 재밌어. 사흘, 아니, 일주일 뒤에 보자고. 헤헤!"

베네툭도 엉망진창이었다. 게다가 마나가 떨어졌는지 리커버리 마법도 사용해 주지 않고 걸어서 사라졌다.

"으―!"

벌써 스무 번 가까이 비슷한 일을 겪었음에도 비참하고 화가 났다.

완전히 비어버려서일까, 아님 내 분노를 느낀 마나가 도망가서일까. 숨을 쉬어도 마나가 차오르지 않았다.

이때 오크 한 마리라도 나타나면 죽을지도 몰랐다.

다행인 것은 싸우다가 계속 자리를 옮겨 현재 중앙 지대 바로 근처까지 왔다는 점이다.

중앙 지대 근처엔 몬스터가 없었다.

'빌어먹을! 거의 이길 수 있었는데.'

마나도 기운도 없고 움직일 때마다 칼에 찔리는 듯 아프니 짜증이 더 났다.

등에 멘 아공간 가방을 풀고 누웠다. 새파란 하늘이 서글프게도 맑았다.

잠시 숨을 고르며 화를 가라앉히고 하늘을 보고 있자 상단전의 너머에서 시원한 기운이 나와 온몸으로 퍼지기 시작했다.

"어, 어······!"

갑작스러운 현상에 놀랐다. 그러나 부러진 뼈가 맞춰지고 상처 입었던 몸이 치유되는 것을 느끼곤 온전히 기운을 느끼는 데 주력했다.

온몸을 채운 마나는 조금씩 압축되기 시작했다. 그리고 잠시 후 몸의 뼈가 뒤틀리는 듯이 움직였다.

뿌득! 뿌득!

고통은 없었다. 오히려 시원하기까지 했다.

"…노곤해."

몸이 제멋대로 바뀌며 뜨거워지는 것을 느끼면서 잠이 들었다.

$$* \qquad * \qquad *$$

잠에서 깨자 허전함이 먼저 반겼다.

완벽한 알몸. 거기에 퀴퀴한 냄새까지 풍겼다.

나중에 안 사실이지만 한계에 가깝게 몸을 쓰자 거의 소모되지 않고 남아 있던 마나지의 기운이 그에 걸맞게 바뀐 것이었다.

얼른 물을 만들어 깨끗이 씻은 후 아공간에서 여벌의 옷을 꺼내 입었다.

옷을 갈아입고 나자 배가 고팠다. 멧돼지라도 한 마리 잡아올까 하다가 일단은 가방을 뒤졌다. 사흘간 굶어서 일단 뭔가를 먹고 싶었다.

가방을 탈탈 털어 얻은 것은 육포 약간. 일단 물과 함께 먹으니 배울 채울 순 있었다.

게 눈 감추듯 먹고 일어났다.

"이제 슬슬 멧돼지를 잡으러 가볼까."

일단 탈탈 털었던 물건들을 다시 챙기는 게 우선이었다. 한데 물건 중에 유독 빛을 내뿜는 것이 눈에 띄었다.

뮤틸루스의 동굴, 내가 현재 지내고 있는 동굴에서 얻은 금속구의 문양에서 빛이 나고 있었다.

분명 동굴에서는 없던 불빛. 그리고 문양이 빛나자 주변의 마나는 마치 뒤로 물러나듯이 움직였다.

"에이~ 설마……."

사용처가 떠올랐다.

설마라고 생각하면서도 금속구를 손에 들고 중앙 지대로 걸음을 옮겼다.

먹을 걸 더 달라고 꼬르륵거리는 배의 소리를 무시했다.

'이쯤에서 방향을 잃고 갈팡질팡했었지.'

한데 예상이 맞았을까, 걸음을 더 깊숙이 옮겼음에도 방향을 잃었다는 느낌은 없었다.

갑자기 눈앞에 안개가 나타났다. 하나 무시하고 더 걸었고 잠시 후 눈앞에 넓은 목장이 눈에 들어왔다.

"헐~ 여긴 뭐야?"

넓은 초원 지대엔 울타리로 여러 구역이 나뉘어져 있었는데 그곳엔 소, 돼지, 토끼, 닭과 같은 가축들이 무리를 지어 자고 있었다.

꼬꼬댁, 꼬꼬꼬.

막으로 둘러싸인 닭장에 잠이 들지 않은 닭 한 마리가 어리둥절해 있는 정신을 깨웠다.

"…정신을 일깨워 준 건 고마운데 배가 고프다는 사실까지 알아버렸네."

구슬을 앞으로 내미는 것만으로도 막을 뚫을 수 있었다. 그리고 정신을 일깨워 준 닭을 잡았다.

일찍 일어난 닭은 먹힐 뿐이었다.

닭의 목을 베고, 피를 빼고, 털을 뽑고, 내장을 제거하고, 굽기까지 순식간에 이루어졌다.

막 잘 구워진 닭의 다리를 뜯어 입에 넣으려 할 때였다.

목장 너머의 숲에서 빛살처럼 날아오는 것들이 있었다.

살기는 없었지만 다리와 어깨로 노리고 날아왔기에 피했다. 화살이었다.

옆으로 자리를 옮기자 이번엔 화살 비가 쏟아졌다.

난 피하며 소리쳤다.

"닭 때문이라면 미안합니다. 너무 배가 고파서 아무 생각 없이 행동했습니다."

베네툭이 했던 중앙 지대에 엘프가 산다는 얘기가 이제야 생각났다.

난 입맛을 다시며 먹으려던 닭을 풀밭에 내려놓고 양손을 들었다. 적의가 없음을 알린 것이다.

잠시 후 숲에서 여러 명의 인영이 걸어 나왔다. 그리고 어느 정도 거리를 유지한 채 멈췄다.

가운데 있는 인영이 외쳤다.

"나가!"

그는 매정한 목소리로 축객령을 내렸다.

『아우스:마도 시대의 시작』 7권에 계속…

초대형 24시 만화방

신간 100%, 샤워실, 흡연실, 수면실(침대석), 커플석, 세탁기 완비

▪ 시흥 정왕25시점 ▪

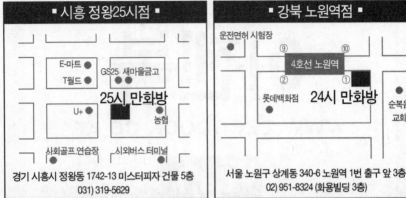

경기 시흥시 정왕동 1742-13 미스터피자 건물 5층
031) 319-5629

▪ 강북 노원역점 ▪

서울 노원구 상계동 340-6 노원역 1번 출구 앞 3층
02) 951-8324 (화용빌딩 3층)

▪ 일산 정발산역점 ▪

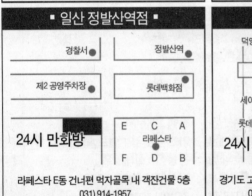

라페스타 E동 건너편 먹자골목 내 객잔건물 5층
031) 914-1957

▪ 일산 화정역점 ▪

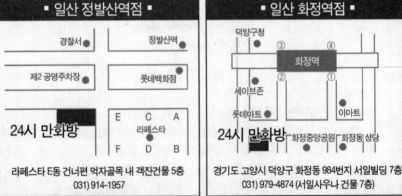

경기도 고양시 덕양구 화정동 984번지 서일빌딩 7층
031) 979-4874 (서일사우나 건물 7층)

▪ 부천 역곡역점 ▪

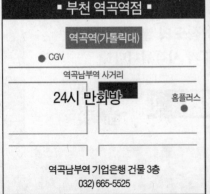

역곡남부역 기업은행 건물 3층
032) 665-5525

▪ 부평역점 ▪

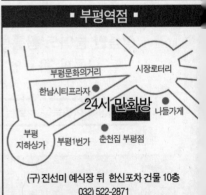

(구)진선미 예식장 뒤 한신포차 건물 10층
032) 522-2871